7506898322

U0475787

当代名家散文精选
阮直 / 主编

夕阳更精彩

朱大路 著

中国书籍出版社
China Book Press

图书在版编目（CIP）数据

夕阳更精彩 / 朱大路著. -- 北京：中国书籍出版社，2024.4
（当代名家散文精选 / 阮直主编）
ISBN 978-7-5068-9832-4

Ⅰ.①夕… Ⅱ.①朱… Ⅲ.①散文集-中国-当代 Ⅳ.①I267

中国国家版本馆 CIP 数据核字（2024）第 072451 号

夕阳更精彩

朱大路 著

图书策划	许甜甜　成晓春
责任编辑	李　新
装帧设计	书香力扬
责任印制	孙马飞　马　芝
出版发行	中国书籍出版社
地　　址	北京市丰台区三路居路 97 号（邮编：100073）
电　　话	（010）52257143（总编室）　（010）52257140（发行部）
电子邮箱	eo@chinabp.com.cn
经　　销	全国新华书店
印　　刷	四川科德彩色数码科技有限公司
开　　本	880 毫米×1230 毫米　1/32
字　　数	190 千字
印　　张	8.375
版　　次	2024 年 4 月第 1 版
印　　次	2024 年 4 月第 1 次印刷
书　　号	ISBN 978-7-5068-9832-4
总 定 价	218.00 元（全 4 册）

版权所有　翻印必究

换一首曲子唱还是精彩

阮　直

这里，我向广大读者郑重推荐这部丛书的朱大路、王乾荣、洪巧俊、赵青云4位作家。他们都是在文坛耕耘多年的名家，写出吾土吾民吾精神的"国民作家"，今天他们是"换了一首曲子唱"的，但一样唱出精彩，唱出韵味，唱出品位。这些作家其实都是以杂文写作为主的名家，其中3位是职业编辑，而编辑的主要作品也是杂文、评论类作品，但他们的散文着实让我眼前一亮。

通过阅读本丛书的部分样册，我对这套丛书形成了如下印象：首先，杂文家写散文不算陌生，因为杂文、散文原本就是孪生兄弟。如今，他们将笔端轻移，用散文来表达世界，魔术一般地将关公耍了一辈子的大刀，变成赵子龙的长枪，几位老师舞起"新武器"依旧神采飞扬。因为，4位"大侠"平时"暗里"也都操练过"十八般武器"的若干种，今天细品他们的散文作品也别有一番滋味在心头。

我也主编过几部丛书，但是从没敢想到有机会为我的老师编一套高含金量的散文丛书来"反哺"他们，这是我的幸运与荣誉，也是此生最美好的"炫耀"。

朱大路先生是《文汇报》"笔会"副刊的资深编辑，他对中国杂文的贡献，不仅仅享有杂文家的美称，更重要的贡献在于他是资深编辑，在这个平台上他发现、挖掘出很多优秀作者，使他们成为当代著名的杂文家。另外，一些久负盛名的杂文家，比如何满子、冯英子、舒展、严秀、牧惠、章明、黄一龙、朱铁志等等，也都是"笔会"朱大路先生的常客。我当年写杂文是用钢笔写在稿纸上邮寄给《文汇报》"笔会"编辑部的，正是朱大路先生的首肯，才与朱大路先生有了"勾连"。朱大路先生不仅写杂文，也出版过散文集、长篇小说，是杂文作家中跨界最广，"换曲子"甚至换"唱法"的高人。

王乾荣先生是我仰慕已久的杂文家，他也是每年辽宁人社版杂文年度选的责任编辑。其中2006年的年选，王乾荣下足了功夫，他对当年选本的135位作者的156篇作品一一进行要言不烦的点评，写下了3万多字序言；2012年的序，他又将所选130多篇杂文逐一点评，计1万多字——这在大陆各类体裁的"年度选"版本中创下"空前绝后"的奇迹。

作为职业编辑，王乾荣先生主编的《法制日报·特刊》几乎汇聚了当时最著名杂文家的作品。《法制日报》（2022年更名为《法治日报》）在国家级的大报层面，其评论、杂文都以思想深邃、观点尖锐、文采飞扬而著称，这完全得益于王乾荣先生本身就是一位优秀的杂文家、一个功夫深厚的语言学专家，他在新闻出版界极富盛名。他早已经国家新闻出版署评为高级编辑，对于百度对他早年加入中国作协时介绍的主任编辑职称词条，却毫不在乎，怕麻烦也不去改。

洪巧俊先生虽然是一家地方报社的民生时评部主任，但是名气大得早早出圈。由于他在农村生活了近30年（高考落榜回乡种了8年田），后到县委机关与地方报社工作也常跑乡村调研，对农民和农村问题有自己独到的见解和体会，在民间影响深远。当时，他也是中国"三农"问题和取消"农业税"最早的提出者之一，远远早于那些专家，也算是"三农"领域里的一条"鲶鱼"效应的制造者，为中国"三农"问题专家、学者提出了另一个角度的思维，来考量"三农问题"。他是全国发表"三农"评论与杂文最多的人。

记得在博客走红的那些年，洪巧俊先生是超亿量点击率的博主。他的"博文"几乎是100%地被新浪、搜狐、凤凰（当时）等各大网站纷纷转载。洪巧俊先生有时一篇文章引起的争论波长竟能持续几个月都无法被覆盖。

认识赵青云先生实属有些偶然，当时是《人民日报》社驻浙江记者站原站长赵相如先生介绍的。那年中秋节假期，他们邀请我去参加赵青云作品研讨会，并通过我请了朱铁志先生。赵青云是地方上的厅级领导，是复旦大学哲学博士，复旦大学国际关系与公共事务学院特聘研究员与客座教授，典型的学者型的作家；他还是中国作协、中国书协的"双料"国字号会员。他出过多部作品集，其中一部《廉镜漫笔》影响深远，是为自己的每一篇杂文配上一幅廉政漫画，获评第四届全国党员教育培训教材展示交流活动优秀教材，很多地区的纪检委都把这部书列为党员干部教育的一份必学书目，还走出国门被翻译成外文版，成为"中国廉政文化走出去第一书"，宣传了中国制度和中华文化的优越性，影响极大。

老骥伏枥，志在千里。4位作家在"杂文式微"的当下，换一

更精彩

首曲子唱依旧精彩,这正是他们生命嘹亮、创作旺盛的一种见证吧。恰如清代评论家沈德潜所言:"有第一等襟抱,第一等学识,斯有第一等真诗。"作为我的良师益友,能为此做出一点奉献,让我此生欣慰而倍感鼓舞!

值此丛书即将出版之际,我不揣文陋笔拙,撰此短文,聊以为序。

目录 Contents

美是有长度的

他从小巷深处走来	/ 002
秋的美学	/ 006
往日时光	/ 010
打　通	/ 016
我的老巷	/ 020
自己的"窗口"	/ 024
凉	/ 028
寻　美	/ 032
情感注入	/ 040
北海印象	/ 045
履　痕	/ 053
"老虎窗"	/ 056

名　字 / 061
过把瘾 / 063
我对火柴充满了好感 / 065
花常开　刺常在 / 068
儿童的情趣 / 070
"江南独秀" / 072

路是有坡度的

秦裕伯的犟 / 076
方孝孺的肉 / 081
计六奇的胆 / 085
黄澍的笏 / 088
袁崇焕的痛 / 091
王念孙的笔 / 095
遗　老 / 098
艾思奇的"俗" / 100
穿　越 / 106
让周瑜开心 / 111
水　火 / 114
底　线 / 117

补　课	/ 119
思绪翩跹	/ 122
短笛无腔	/ 130
懒汉，请走开	/ 136
吃饱了饭研究什么	/ 144

人是有温度的

不多不少	/ 154
思想之眼	/ 167
卡耐基引出的话题	/ 173
夕阳更精彩	/ 178
大　路	/ 183
好莱坞，你怕什么	/ 189
"空谈"	/ 193
奔跑吧，兄弟	/ 202
沿途这一站	/ 210
"极简"	/ 214
你好，孙焕英	/ 218
一颗心，渴望燃烧	/ 221
作家存在的理由	/ 226

了不起的戈尔丁	/ 232
雅人风范	/ 236
上海男人历来就不是孬种	/ 244
耳·眼·心	/ 246
得心应手　似有魔幻	/ 251

美是有长度的

夕阳更精彩

他从小巷深处走来

姑苏城,古老而秀美的土地上,纵横着一条条幽深的小巷。

天亮了。淡蒙蒙的晨光,把躺在运河怀抱里的这座古城催醒。作家陆文夫,从小巷深处的家走出来,背着双手,慢慢地,踱着步,一双黄颜色的浅帮球鞋,在石子路上,发出清空的足音。散步成了他每天的习惯。这美好的早晨,他是在替姑苏的风景构思短章?他是在为小巷的人物谋写长篇?几片梧桐叶,带着冬日的深赭色,飘飘然,打着旋儿,落在他脚边。

住在小巷深处的陆文夫,他的文学道路,也是从《小巷深处》开始的。历史曾给这篇小说以不公正的待遇。而当他轻轻抹去多年的积尘之后,创作才能像喷泉,奔涌出来了:《献身》《小贩世家》《围墙》,分获 1978 年、1980 年、1983 年全国优秀短篇小说奖。《美食家》《万元户》,发表后赢得一片赞许的目光。去年春天、夏天,好消息接连传进静穆的小巷:苏州市人民政府授予他市劳动模范称号;江苏省人民政府给他加两级工资,行政晋升两级。今年头几天,他又被选为中国作家协会理事、副主席。

三十多年了,陆文夫是如此挚爱着苏州!"水港小桥多""人家尽枕河"的风光，使他沉醉；"夜市卖菱藕，春船载绮罗"的景致，让他动心。他写贩夫走卒，善男信女，他写三姑六婆，游人吃客。他的小说，地方特色浓，读了，如饮醇醪。我在苏州，同他谈起这，他笑笑："大概同我长期观察分不开。"写《围墙》前，他连走路都要打量墙的式样、高低。于是，花墙，粉墙，水磨青砖墙，云墙，龙墙，风火墙，照壁墙，他在作品中如数家珍。他还同小贩"瞎搭讪"，"的的笃，的的笃"，竹梆子怎么敲；"哗哗剥，哗哗剥"，馄饨担子的红泥锅腔里柴火怎么烧，他都体察入微。在《小贩世家》中，这些，珍珠似的闪着光。苏州人吃饭精细，陆文夫早在六十年代就跟着周瘦鹃，出入观前街的馆子，吃吃，看看。以致《美食家》一发表，人家竟把他这位连菜都不会烧的外行，当成烹调能手。有人说："陆文夫的作品像盆景，没分量！"他说："长江大河是好，可我写不出。作家创作的内容不能随便改，经历、气质决定了他。从这点看，作家不是自由的。长江大河、小桥流水都要，就看怎样写。没有多样化，便没有文学！"

他是这样地用心，把苏州园林的结构艺术，也搬到小说结构上来了，把这看成是坚持地方特色的重要一环。在他看起来，苏州大园林——拙政园、留园，像中篇小说，分好多部分，有的亭台楼阁集中，有的全是山村野趣，有的是住家部分。小园林——网师园，似短篇小说，所有景物，奇山怪石、长廊小桥，"月到风来亭"，"濯缨水阁"，"竹外一枝轩"，都围绕当中一泓碧水而筑。狮子林，如惊险小说，假山曲洞，布下迷宫，盘来盘去，饶有险趣。这些园林进门处，常有"漏窗"，让你先瞄瞄，激起游兴，但不让你看得光光，而是峰回路转，要你慢慢走着瞧。"你注意过《美食家》没有？前面也'雕'了一扇'漏窗'！"作家敦厚矜持的脸，忽地闪过一丝狡黠的笑纹,"朱自冶在孔碧霞家,花八十元吃一顿饭。孔碧霞身怀烹调绝技,但究竟如何显身手,我没具体写,只是写一句:'读者诸君也不必可惜,在往后的年月里我们还会见到她表演。'等于告诉读者:别急,后面有!到小说快结束了,这顿美餐才实写,一写就是两页!"

然而,吃局也好,园林艺术也罢,毕竟是外在的。陆文夫认为,它们只有同人物的性格结合在一起,才是有用的。否则,就游离了,宁可删掉。光写园林的话,去写游记好了,光写烹调的话,去写知识小品好了。他主张,对文学作品的地方特色应作完整理解,它首先是指一个地方人的价值标准、生活方式、处世态度。这不涉及人的品质。苏州人,不喜欢外表上露富,东西都藏在里面。表面一看,小巷里都是石库门,古朴,简淡。开得门去,却见重门叠户,飞檐插空,厅堂、小天井样样有,典雅,精致。旧时,官僚地主到苏州居闲养老,不须表示身份,家藏万贯,外面却不讲究,免得招摇。北京却不然,富商大贾,在门外搭着"门楼",表示有身份,门当户对。颜色方面,苏州人喜爱冷色,造起屋来,白墙黑瓦。北京人好用暖色,粉墙朱槛,金碧辉煌。待人接物,苏州人细致,不是"粗粗拉拉";说话"吴侬软语",有节奏感,不大起大落,好像没火气。吵架也有,比如汽车司机,遇到前面自行车不肯快走,也要责备,但声调缓和,不像上海有的司机,探出头去,立眉瞪眼:"侬命要伐?"即使品质问题,如有的苏州人,也狠,也刁,可表现方式也带着一点本地人的特点。写出这一层,无疑就写出了作品的苏州特色。

现代化了,电冰箱、电视机、洗衣机,家家都有,处处一样,那时节,文学的地方特色就冲淡了?陆文夫深邃的大眼睛里,神采奕奕："即使生活富裕到家家都备小汽车，地方特色也不会泯灭。各种人用车的方式会不同，有的用车为工作；有的用车炫耀身份；有的放着车不用，却爱步行；有的喜欢这种型号；有的偏好那种颜色。现代化了，但还是中国文化，不会是欧洲文化！"

为写好地方特色，陆文夫经历了多少次失败！几千字，几万字，写的时候像生场大病，很久才得恢复，但他看着不称心，便抽屉一拉，丢进去！他写作不赶速度，不慌不忙地磨着，磨着。百花文艺出版社，正把他三十年的心血，编成一部文集，共四卷，一百万字。明年，他想写长篇，一部包括他童年生活和农村生活的、有着宽阔生活面的长篇。

我从陆文夫家踅出，小巷幽幽，似有蒙眬的睡意。只有街上那卖字画、扇面的店铺，一家家，灯火正盛。呵！夜的苏州，竟也是这般富有情致，难怪我们的作家，要蘸满淋漓墨，"挥笔写琅玕"了。

秋的美学

退休,闲居,关注手机成了功课,每日必修。

屋外的小路,此时掉了一地银杏叶,圆嘟嘟,叠加着,铺向远方;黄金般的光泽,仿佛是地上燃着火,让秋色变得灼热、亮眼,有一种仪式感。

于是我点击了一首歌——在手机上——很般配的,也悠悠地唱着秋色——

"我从垄上走过,垄上一片秋色,枝头树叶金黄,风来声瑟瑟,仿佛为季节讴歌。我从乡间走过,总有不少收获,田里稻穗飘香,农夫忙收割,微笑在脸上闪烁……"

是《垄上行》。苏小明演唱。苏小明的声音——听上去深沉,能显示秋天的厚实。"讴歌"二字,从"讴"到"歌",按原歌谱,如梨儿坠地,跌落七度,好像秋日的果实成熟了,猛然垂落下来,但垂落得有理,有节,逻辑严密。"农夫"二字,从"农"到"夫",更像高台跳水,直落八度,演示"农夫忙收割"时的站立、弯腰。这是秋的风韵,让人心醉。

也听了张明敏演唱的《垄上行》。其歌声,有颤音,如电磁波,振荡磁性,男人特有的。唱到"蓝天多辽阔,点缀着白云几朵",骤然张开双手,以示天高云淡;唱到"青山不寂寞,有小河潺潺流过",便用右手抖动着,平滑过去,以示山间银溪如练、淙淙蜿蜒——大自然的生命在躁动。他走几步,转过去;走几步,转回来。这是秋的步履,令人神往。

我发觉:手机太完备了,将九十种不同版本的《垄上行》,都收拢来,有女声独唱、男声独唱、童声独唱,有各种演唱组合,有萨克斯演奏,有华生电吹管演奏。

不必进剧场欣赏了,不用坐等电视机播放节目了,拿着手机,便能一饱耳福了。

九十种版本,各自演绎对秋天的理解。"秋的美学",隐含着诗一般的命题!有的施展民族唱法——地方音调浓郁。有的张扬美声唱法——出气均匀,有共鸣感。有的采撷流行唱法——自然,随意,个性化强烈。有的,突出独唱,凸显秋天的美是个人感受;有的,重视和声,强调秋天的美是天地间共享的佳肴。有一位低音歌王,声音低得沉甸甸,把节奏也拖慢了,仿佛老农驮着秋的果实,沿着田埂负重前行。至于童声,稚嫩有加,一样的歌词,却飘浮着对垄上秋色的初出茅庐的反应。

如何演示秋色的美?歌唱家、歌手们,做着见仁见智的发挥。

美,在众人眼里,自古以来,解释就是不同的。有时,差异之大,让人咋舌。

在古希腊,苏格拉底认定,美等同于效用,美必须符合目的。柏拉图却以为,美的本质是理念,世上之物,唯有具备了理念,才是美的;理念既指一种概念,也指神秘的天国。亚里士多德则显得冷静:"美是客观的",美的"整一性"在于"秩序、匀称和明确"。柏拉图是苏格拉底的学生，亚里士多德是柏拉图的学生。在这里，老师并无绝对权威，学生可以唱反调，自成一说。

假如，时空倒转，邀请苏格拉底来听《垄上行》，他会是怎样的表情？我看他会频频点头："美得很，美得很，秋天是摘取丰收成果的季节，达到了人们辛勤劳作的目的。田里的稻穗，是人类急需的粮食，可以果腹；树上的水果，也能给人增添营养。蓝天里白云几朵，为人提供视觉盛宴；小河潺潺流过山间，让人听觉生出快感，有益于健康。"柏拉图则会打着拍子，细细推敲："垄上所见的秋色，是否合乎永恒的理念？是否合乎诸神的意志？"亚里士多德会对《垄上行》予以首肯，不过抬出的理由，并非秋色美的"有用""有益"，而是它们均为"客观存在"，有其天然的"整一性"：上下、远近——布局很有秩序；颜色、气味——搭配相当匀称；树叶声瑟瑟、溪水声潺潺——分工明确，唱和如一，音色协调。

而叔本华，对"美"的态度，有点唯主观、唯意志——"我们可以说：意志通过单纯空间性现象的适当的客观化就是美，客观意义的美。"

话说回来，叔本华对音乐，还是懂行的，比如，摆得平旋律与和声的位置。他说："在当今的音乐创作中，人们更为注重的是和声，而不是旋律。但我却持相反的观点：我认为旋律是音乐的内核，和声与旋律的关系就犹如调味汁之于烤肉一样。"

所以，若让叔本华来给九十种版本的《垄上行》打分，配和声的歌手要小心了——锋芒不能盖过旋律，那是喧宾夺主的——毕竟，你只是烤肉上面的调味汁！

至于当代人，对美的定义，也是五花八门，莫衷一是，以致老朱我有一次写杂感，情不自禁抖出了牢骚："要知道美是什么，最好离美学家远一点。"

　　门外,邮递员送来报纸。好吧,坐下来,读报!作家车前子,在回答记者访谈时说——我喜欢迷路,我要让文字四面八方,发散流窜。

　　嗯?喜欢迷路?我愣了愣,读下去——"汉语是不够雄辩的语言,它点到即止,自带空白。""在写作过程中,空白第一重要。""不要让自己在已知中滑行,而是要让自己进入未知——让未知唤起写作。"

　　哦,明白了,是在声张一种自带空白的价值!我的理解:空白,貌似迷路,却让美——四面八方,发散流窜。

　　手机里,又在播《垄上行》了,这回,是"梦之旅合唱组合"在放歌,渐渐地,唱到了最后——

我从垄上走过,
心中装满秋色。
若是有你同行,
你会陪伴我,
重温往日的欢乐。

　　美,是要在空白中想象,延续的——同行的你是谁?往日的欢乐是什么?为何要在秋风萧瑟的季节,幻想你我同行?难不成里面裹藏着温馨的故事?这一切,都在此——戛然而止,滑入空白,进入未知。

　　未知,是静到极致,深到极致,远到极致——给秋的美学,留下发挥的空间……

往日时光

"人生中最美的珍藏,正是那些往日时光。"——歌声恬然,在我耳畔,蜿蜒起伏。

而在每个人,往日时光,有色调的差异:或甜,或苦,或咸,或淡;或幽娴贞静,或喧扰浮薄,或佳木葱茏,或波涛浡潏。

身为诗歌的痴迷者,我个人感受,中国新诗的最好时光,是二十世纪六十年代的前半叶。如今回首——已是往日时光——差不多一个甲子前了。说是咱们同新诗处在蜜月期,也不会错到哪里去。因为买诗集,朗读诗,琢磨诗,甚而自己写诗,在爱好者群体中,几成风气。好比眼望一池碧水,心仪者,蹚水者,深水潜泳者,都有。而不少新诗本身,物有所值,粉丝们仰望也好,追捧也罢,绝不会上当的。

比如那个时代,真心学习雷锋,整个社会,蓬勃向上,激励了诗人,潜精研思,苦苦吟咏,以向雷锋看齐的心态,撰写真情充溢的诗句。行家公认,其中最佳者,乃一长一短两首——贺敬之的《雷锋之歌》,魏钢焰的《你,浪花里的一滴水》。前者,一问世,引起轰动。打开收音机,甚至听到了电台里正在播送的《雷锋之歌》——贺敬之本人朗诵，播音技巧并非专业，激情倒是更见充沛，因是他自己所写，何处声腔宜刚，何处气口宜柔，了然于胸。那句子，短促，对称，仿佛沉沉的鼓点——

呵，雷锋！
你白天的
每一个思念，
你夜晚的
每一个梦境，
都是——
人民……
人民……
人民……
你的每一声脚步，
你的每一次呼吸，
都是——
革命……
革命……
革命……

后者——魏钢焰那首，布满排比句，节奏感强烈，一气呵成。我对此诗十分钟爱，自以为普通话说得还行，前鼻音、后鼻音拿捏准确，此时，站在窗口，朗声念起来——"呵，雷锋！/你不为自己编歌曲，/你不为自己织罗衣；/你不为自己梳羽毛，/你不为个人流一滴泪。//呵，雷锋！/你，《国际歌》里的一个音符，/你，红旗上的一根纤维;/你,花丛中的红花一瓣,/你,浪花里的一滴水!"

念完,我竖起耳朵,想听听四邻八舍的反应,期待着有点表扬的声音。

又比如,那时的新诗,常写工厂建设,农村新貌,让读者聆听祖国的脚步。煤都夜景,长桥万里,鞍钢的云,三门峡—梳妆台;甚至一块筋骨嶙峋的矿石,放在桌面上,也能幻化为璀璨的诗。写农村变化,王书怀那一首《小河流水哗啦啦》,我很欣赏——

小河流水哗啦啦,
河东河西住人家。
往年一听河水响,
两岸亲家忙喊话:
"淹啦?"
"满啦?"
——不是亲家太胆小呵,
山水下来真毁庄稼!

小河流水哗啦啦,
河东河西住人家。
如今一听河水响,
两岸亲家笑哈哈:
"放啦?"
"满啦?"
——不是亲家问顺了口,

社里的水稻都萌了芽……

对新诗的优劣，尺度定夺，居首位的，是题材的分量，主题的意义。拎在手里，沉甸甸的，念诵起来，气象万千，既无闺中缠绵琐思，也非"羔雁之具"用于应酬，自然容易臻于上品。往日时光，留给我记忆中，一道风景线的，即是国内诗坛，抒发家国情怀、关注天下大事的诗作居多。我喜欢，并读过多遍，反复咀嚼的新诗集，有张志民的《西行剪影》，王书怀的《火热的乡村》，孙友田的《石炭歌》，严阵的《江南曲》，李学鳌的《太行炉火》，陆棨的《重返杨柳村》，柯岩的《"小迷糊"阿姨》，等等。而那本1965年版的《朗诵诗选》，则是集大成者，成了新诗粉丝们的偶像，成了扩音喇叭前演员们手握的宠儿。我的业余时间，除了完成作业，有一多半，是泡在新诗的研读上。

六十年代初，有一回，中学语文老师——也是本校文学小组的领头人，拿着他平日的报纸文章剪贴本，给我看。那是北京大学中文系王力教授的文章，谈汉语的三大形式美。印象深极了，近六十年后，也未冲淡——说是我们的诗歌，应当具备整齐的美，抑扬的美，回环的美。

概括得精准，也颇形象，且语气坚定，容不得商量。旧体诗，责无旁贷，三大形式美，一样不许缺。新诗呢，咋办？在往日时光里，曾与诗人们，业余的，专业的，磋磨过，见地并不完全一致。

我却始终以为，新诗，回环的美是必须的，押韵才有韵味，读着才爽口，让人找到预期的落脚点。不押韵，说着大白话，烦言碎辞，只是分分行，算啥？整齐的美，也必须具备，当然，无须绝对整齐，弄得像七律、五律一般，从头到尾齐刷刷，而只需大致整齐，节奏感保持整齐即可。抑扬的美，倒可以放宽一点要求，就不必苛求平平仄仄了。严阵的《江南春》里，诸如以下诗句，我至今仍能背诵——

十里桃花，

十里杨柳，

十里红旗风里抖。

江南春，

浓似酒。

它们既整齐，又回环，虽无所谓旧格律里的平仄味道，但"柳""抖""酒"，皆为第三声，则是一种难能可贵的部署，读来也算抑扬顿挫了。

往日时光，至今让人思绪绵绵。"如今我们变了模样，生命依然充满渴望。"这歌声，很地道、实在，唱出了白发苍苍的我辈，生命的律动。渴望什么呢，我们？渴望读到具有中国语言形式美的新诗——赞美当前宏伟的时代，吟唱时代湍急浪花里的每一滴水！

而现实是：诗作铺满世界，努力也很明显，但使人读了眼睛一亮，想搜集、剪贴、朗读一下，珍藏起来的佳作，少之又少。诗的气象不够宏大，缺少对重大题材的关注，大我抒写得少，小我吟哦得多，私人感受，碎片化的意象，比比皆是。语句太散文化了，不受诗的体裁约束，不愿推敲，不肯押韵，节奏感欠缺。有人批评说——"写诗的人各行其是，于是什么怪诗体歪乱象也生出来了。"遭指责的有：梨花体、羊羔体、口水诗，等等。

是的，从牙缝流出的口水，能有几许诗意？

新诗要有起色，药方其实在往日时光里，已经大致开好了。

鲁迅有言："我以为一切好诗，到唐已被做完，此后倘非能翻出如来掌心之'齐天大圣'，大可不必动手。"这，自然是在说旧体诗，但旧体诗偏偏有翻出如来之掌心者，何况新诗？

抬望眼，渴盼有更多"齐天大圣"从往日时光翻出，替新诗营建更加恢宏的气象！

打 通

妻说:"天冷了,年老怕寒,家里该装'墙暖'了!"

于是请来几位师傅,在墙上凿洞,插管子,安装暖气片。墙壁打通了,几间屋子的暖气片就连通了,一开阀门,热水顺着管子流,让这间屋、那间屋,一片暖洋洋。

因为屋子是相连的,所以打通是可行的、必要的。

打通,让世界的这一板块、那一板块,有了交往,而不是你归你,我归我,互不搭界。

智者认为:世界由相同物质组成,不少事物的底层逻辑是相通的。

如此看来,打通,就是让事物的底层逻辑接轨,让事物的内涵交叠,从而使我们识别对象,判断真伪,接纳能量,从中受益。

笛卡尔将几何与代数打通,黑格尔将哲学与宗教神学打通,芥川龙之介则把古代的人性与今日的人性打通。

小说《罗生门》,世人已相当熟悉了,其故事的影子,是芥川龙之介从《今昔物语集》搬来的,《今昔物语集》成书于十二世纪上半叶的日本,属于古代的佛教故事集。《罗生门》的中文翻译者鲁迅,认为这篇小说"取古代的事实,注进新的生命去,便与现代人生出干系来"。

《罗生门》里,被主人解雇、无处可去的"家将",在罗生门下等着雨停。由于京都接连起灾变,罗生门无人来维修,门楼上,狐狸来住,强盗来住,后来人们习惯将无主的死尸丢弃在门楼上。"家将"登上门楼,发现有个白头发老妪,举着点火的松明,"正如母猴给猴儿捉虱一般",在拔死尸的长头发。于是"家将"手按素柄刀,蹿到老妪面前,大吼道:"呔,哪里走!"老妪想逃,"家将"把她"捺倒了"。老妪坦白说,自己拔了这死尸的头发,是去做假发的。并用蛤蟆叫一样的声音,说道——

"我刚才,拔着那头发的女人,是将蛇切成四寸长,晒干了,说是干鱼,到带刀的营里去出卖的。倘使没有遭瘟,现在怕还卖去罢……我呢,并不觉得这女人做的事是恶的。不做,便要饿死,没法子才做的罢。那就,我做的事,也不觉得是恶事。这也是,不做便要饿死,没法子才做的呵。"

"家将"的心里顿时"生出一种勇气来了"——这同他刚才跳到门楼上来捉老妪的勇气正好是相反性质的勇气——他突然捉住老妪的前胸,咬牙说道:"那么,我便是强剥,也未必怨恨罢。我也是不这么做,便要饿死的了。"他很快剥下这老妪的衣服,把她猛烈地踢倒在死尸上,并挟着剥下的衣服,向黑夜里逃走了。老妪呻吟着,爬到楼梯口,望向门楼下边,那里,"只有黑洞洞的昏夜"。

说白了,《罗生门》里,芥川龙之介将日本封建王朝的人和事,与现代社会的人和事,互相打通,借以看出,人性的这道底层逻辑——丑陋自私、利己主义——是古今沿袭、一以贯之的,乃至一遇适合的环境,"将蛇切成四寸长的女人""白头发老妪""家将",

便前仆后继、人人作恶。人性之顽劣、难改，成了世间的沉疴痼疾。

打通的结果，让文学成为警世钟、照妖镜，而不是流于浅浅的故事，供读者消遣。

至于中国女作家残雪，孜孜以求的，是将文学与哲学打通，将中西哲学和文化打通。她说了："最好的文学一定要有哲学的境界，最好的哲学要有文学的底蕴。文学作品的阅读带给我们肉体的敏感性，哲学则带给我们严密的逻辑性。"她写小说，便是在做实验——打通这两者的实验。她用作品，建立一种以生命体（而不仅仅是纯精神）为主宰的美学，她说她差不多快成功了。

还有一种打通，被誉为"足以改变游戏规则的圣战"。

这便是——将人生与持续的幸福打通。幸福就像瘦身，"只有幸福还不够，持续的幸福才是人生追寻的目标"。

这种打通之必要，也在于两者的底层逻辑是相通的：人，生而为人，本该享受持续的幸福，才不算到世上枉然走一遭。

马丁·塞利格曼，承担起"打通"的重责。

马丁·塞利格曼是心理学家，他起初盲目相信叔本华的话：人类最多也就是尽量减少自己的痛苦。但后来觉得，消除痛苦不是全部，更要紧的是得到持续的幸福。他表达说："假设我是一名玫瑰园园丁，花了很多时间清理灌木、除草，杂草阻碍玫瑰的成长就是一种不利条件。然而，你如果想要玫瑰花，那么仅仅靠清理和除草是远远不够的。你必须用泥煤苔来改善土壤，给它浇水、施肥。你必须提供能使花木繁茂的有利条件。"

这一认知，形象，且到位。单是除草，属于治标，唯有将土壤的质地改善，用泥煤苔提高保水性，才是治本，能从根子上，保证花木葳蕤生长。而以往的心理学，注重治疗，用药物，或者心理干预，减少人的不良情绪——例如抑郁、愤怒和焦虑——但最多只能达到65%，无法痊愈，且易复发。塞利格曼决心打破65%的界限，从源头上，确立人们降临地球之后的幸福感。

为此，他创立"积极心理学"，用积极来铸就幸福社会。不消说，目标十分炫彩，过程尤其辛苦。但他锲而不舍。外界评价说：他的成功，是"将目光更多地聚焦于提高人们的积极情绪、意义、良好的人际关系及成就……每个人都可以从中获益。"甚至，让大伙明确——追求财富的目的，不应是盲目地创造更高的GDP，而应是创造更多的幸福。

打通了！获得持续幸福之路打通了！"积极心理学"在全世界推广，获得好评。人们感恩塞利格曼。甚至有声音在点赞："幸福1.0理论已经过时，幸福2.0时代驾到！"

就像打通了地铁隧道的工人，坐在隧道口的地上，表情欣慰，我仿佛看到，塞利格曼站在面向阳光的窗口前，望着外面熙熙攘攘的人潮，圆圆的脸上，怡然一笑。

我的老巷

巷,是时光留下的身段。巷,是过客曾经的逆旅。

巷在上海,也叫弄堂。但我喜欢叫"巷",因为更有文学味。两排房屋,门对门,窗对窗;中间的小路,既飘过运蹇时乖之际的怨声,也亮过春和景明时节的暖色。木门、铁门,"咔嗒"一声打开,走出儒雅的身影;方窗、长窗,"吱呀"一声推开,露出青春的脸庞。

近日,我有事路过一条巷子,这是我从童年到成年,住了近三十年的地方。虽然我早已搬走,却对旧地有着眷恋。

"喂,里面已经没有人住了!"巷口有人提醒我。

我的惊愕,此刻是满满地溢出在脸上了。都说"旧城区改建"中,这条巷子的住户不会搬,因为,巷子造于辛亥革命前后,属于英式联排里弄建筑,有保留价值。不料,还是免不了,动迁了。

往日热闹的里弄,现在成了空巷,门窗封的封,关的关。唯有建筑依旧:墙面呈淡淡的橘红色,券心石嵌在壁柱上面,屋顶是瓦片叠成的斜坡,坡上立着老虎窗,像一只只蹲踞着的、张开大嘴的兽。

巷子的地面，印有我童年的足迹。那时是新中国成立之初，一整个地面，坑坑洼洼，正好让我们小孩子打玻璃弹子。打"堂弹"，必须在一个坑内，越出坑界，就算输的。后来地面填平了，游戏也变成"造房子""老鹰抓小鸡"了。偶尔有盲人老者走进来，兜销小商品。他身上斜挂布袋，袋里鼓鼓囊囊，一手搭在他老婆的肩上，张开喉咙，沙哑地叫道——

"各位老太太小姐，各位大先生少爷，看我伲瞎子苦恼，帮我伲瞎子买点啊。汰衣裳板刷、马桶甩洗，阔条子刨花、老鼠夹子……"

他老婆也附和道——"买点啊！买点啊！看我伲瞎子苦恼，买点啊！"

这时，有不少居民走过去，多多少少买一点，出于需要，也出于同情。世风纯良，人情不薄，让我感动。多年后，我把它作为一个盲人的梦，写入了长篇小说——《三教九流》。

沿着巷子，缓步走。对了，38 号底楼，当年是幼儿园，我母亲在此当过教师。门前，曾有一块水泥地，长方形的，专供幼儿们游戏。母亲慈祥，耐心，教育方面有一套。做个好老师，是她平生的梦。

走过去三个门牌号，门口一块牌子——"创造社出版部旧址"，静静地挂着。学生时代，我读郭沫若自传，他写道：创造社出版部设在北四川路麦拿里。呵！麦拿里不就是我住的这条巷子么？在几号呢？我无从稽考。十多年前，我读到消息：在 41 号。区政府将它归入历史遗址，作为纪念地点，挂牌保护。创造社，"五四"文学精神的火山喷发口！多少激情澎湃的作品，都是通过一本本书和刊物——这个出版部编辑的——流向了世界。1928 年 1 月，出版部迁到麦拿里41号。有人说:"创造社的一班人,个个都带有浪漫的气质,不大高兴亲身实务。"而出版部的小伙计们,都是认认真真的实干家,受到郭沫若称赞。是啊,既有翱翔云端的瑰丽文思,又有脚踏实地的编务工作,创造社的"文学梦"才插上羽翼,腾飞了,腾飞了。有一天,张资平、郑伯奇和王独清,还在41号的二楼,与小伙计们开常务会议。他们谈了些什么?此刻,我抬头,朝二楼仰望,真想拾掇当年会议的花絮。

这条巷子,专家学者多,每个人的梦里,都系着文化的彩绸。当年,5号姓张的数学教授,缓缓走在巷子里,他在思索哪道数学难题呢?27号姓鲍的翻译家,倚在二楼窗口,向我微笑,他新出了什么译著呢?9号姓刘的书法家,带我去他家,看他挥毫。对了,他就是刘一闻,兀兀穷年,终成高手,在当今书坛,笔势纵放,别树一帜。

再走过去,是块空地。25号原先就在这里,可惜现在已拆掉了。这里以往居住的主人——褚辅成,有着一腔"报国梦":追随孙中山,加入同盟会,有他;与秋瑾在嘉兴密商反清起义,有他;参加辛亥革命,光复浙江,南下护法,有他;1932年冒死掩护被日寇通缉的韩国抗日志士金九,有他;抗日救亡,创建九三学社,有他;1945年7月赴延安访问,商讨国是,有他。我1952年搬进23号时,25号的这位长者,已于四年前溘然长逝,他的遗嘱,重申了昔日的梦:"余早读儒书,志存报国,五十年来,无敢间息……所期爱国之士,至诚团结,共图国是,永奠邦基。"

褚辅成的遗物,有不少放在对面2号。2号住着他的儿子褚凤仪。褚凤仪是有名的统计学家,上海财经学院副院长。他身材胖实,腋下常夹着一只黑色皮包,走起路来,极有绅士风范,每一步都差不多长短，好像事先统计过似的。有时，2号的门会悄悄打开，里面站着一个外国老太太，愣愣地看外面世界。黑黑的门洞，白而瘦的脸，蓝而亮的眼，高高的鼻梁骨，把我吓一跳！她就是褚凤仪的德籍犹太夫人，人称"褚伯母"。褚伯母年轻时的好梦，被德国法西斯击得粉碎，于是跟随褚凤仪来到上海，教外语，续写人生的梦。平日里，据说她脾气有点刻板，约好三个人上门，去了四个人，她会不高兴。我倒以为，这是犹太人的认真所致。犹太民族智慧高，成就大，与处世认真分不开。所以她的外语教学质量，你可以放心的，三笔组成的字母，绝对不允许你写成四笔。2号门前，有四株冬青。从春鸟啁啾，到冬风凛冽，我常在树外面的空地上打太极拳。褚伯母偶尔也会观看，用手挥两下，表示出对太极的好奇。

后来，褚凤仪去世了。再后来，褚伯母也走了。褚辅成的遗物被拉走了。网上说："运输工人不知道这些资料的价值，所以纸片撒满一地，其中，就有秋瑾、蒋介石写给褚辅成的信。"

纸片撒了，史料散了，人影褪去了，声音沉寂了。人间事，世上人，终归留不住的。唯有夕阳落下时，各家厨房里，曾经散逸出的饭菜香味，仍丝丝缕缕，飘在我的梦中。

旧户已然撤空，新梦即将起笔，色彩会变，韵脚依然。有梦的季节，世界不会冷清。

自己的"窗口"

作家是容易动感情的。

当年近七十的王西彦,读了列夫·托尔斯泰六十七岁时的日记——"活的日子不多了,但是急于想讲的话却这么多",不禁怦然心动,感情的潮水冲开闸门奔腾起来。是的,伸展在他面前的路是有限的,可堆积在心中的话是那样的多。他渴望自己能趁着生命的晚霞还十分绚丽的时候,把这些话"倒"出来,把几部新的反映中国知识分子的长篇小说写出来。

对知识分子题材,王西彦有着自己的偏爱。不是吗?我们最近去他家访问,他开头就兴致勃勃告诉我们:"这两天刚刚完成的一个短篇,就是写知识分子的!"

他的书房,整洁而雅致。明丽的秋光,透进朝南的窗子,使书房秋意盎然。写字桌右边靠墙的一架书橱里,整齐地排列着各种书籍,以及他本人的作品。从1933年他发表第一篇小说《车站旁边的人家》开始,他留下了五十年的创作足迹。回首往事,老作家有着一种颇为复杂的心情,既有"惶惑和自惭",也有"坚信和自慰",他"自觉沿着一条大体上接近现实主义的道路,一直走到现在，情形有如一个力弱的旅人，虽然有时难免感到处境的寂寞和步履的滞重，但始终朝着原来选择的目标"。

王西彦出生于浙江义乌一个农民家庭，母亲和三个姐姐都是童养媳。作家很幸运，他一开始就是在中国左翼文艺运动的影响下学习写作的。翻开他早期的作品，在一派山清水秀的浙东农村中，低回着农民凄苦的呻吟，流淌着农妇斑斑的血泪。抗战中他写的小说《眷恋土地的人》《麻舅舅丢掉一条胳膊》《死在担架上的担架兵》，以及报告文学《十月十九日长沙》等，都鲜明地体现了真正抗战的不是国民党，而是中国人民！后来，作家离开故乡，进入城市，长期"泡"在知识分子中间。正像鱼儿只能游在水里，花儿只能植根在土地，一个作家也只能写下自己最了解的人和事。从此，王西彦的笔底下便接踵"走"出了一代又一代的知识分子。他的五百多万字作品，就有三百多万字是献给知识分子的。起初，用短篇小说来写，1936年的《找寻道路的人》是个开端。从四十年代起，就铺开了更大的篇幅，完成了几个中篇小说，以及《古屋》《神的失落》《寻梦者》这三部长篇小说。新中国成立后，他又力图为知识分子中的闯将唱赞歌，长篇小说《在漫长的路上》便是这个决心的实践。

"在描写知识分子的时候，我给读者打开我自己的窗口。"王西彦说，"我的作品中写得最多的是中间状态的知识分子。他们是正直的，既愤怒，也反抗，忧国忧民，但身上背着各种包袱，性格很复杂，不能坚定地走革命道路。因此，他们苦闷、彷徨、自暴自弃，可又不甘堕落，不愿走反动的道路。从创作角度看，这些人物是很丰富的。在现代中国，把这部分人的面貌写出来，中国知识分子中大部分人的面貌就表现出来了。比如，四十年代，我写了一批在歧路上徘徊、精神上充满痛苦的知识分子——他们可以称为'找寻道路的知识分子'。五十年代写的,是一批原来'报国无门'、现在'报国有门',步履艰难地跟上形势发展的知识分子,例如中篇小说《艰辛的日子》,写一个大学教授,看到儿子热情、积极,在走新的路,觉得自己前进一步的确不容易,在实际生活中竭力想丢掉旧的包袱——他们可以称为'挣扎着前进的知识分子'。"

这些中间状态的知识分子,王西彦比喻为"折翅鸟"和"家鸽"。他有过一段颇富抒情味的表白:"在一个暴风雨的时代里,的确既有折翅鸟和家鸽,也有雄鹰和海燕。这弱者和强者,都曾经出现在我的经历里,都引起过我热切的注意。不过在我描绘下来的画幅里,更多的却是折翅鸟和家鸽。我这样说,当然不是否认雄鹰和海燕是我们时代的'脊梁',是知识分子的骄傲,而且雄鹰振翮和海燕鼓翼的姿势也应该是最美丽动人的。实际上,我也曾经有过描绘雄鹰和海燕的努力,并在这种努力里深感自己职责的庄严。我只是说,我们文学艺术的画廊很广阔,能容纳多种多样的题材,多种多样的人物。折翅鸟和家鸽也好,雄鹰和海燕也好,它们在艺术表现上各具特色,各有千秋,这才能呈现出丰富多彩。"事实上,老作家并不是整天在垂头吁叹,诉说知识分子的弱点,他也写过《走向旷野》《雨天》《风雪》等讴歌革命雄鹰的篇章,其中《风雪》同《乡下朋友》《蜜月旅行》一样,是老作家的得意之作。

王西彦坦率地说:他之所以打开他自己的"窗口",让读者多了解中间状态的知识分子,是因为从这些人身上,可以看到历史的一个侧面。中国知识分子有个特点:他们的命运和中国人民的命运相同。这一幅幅知识分子的画图,是中国历史的重要一页。

王西彦给读者打开这一扇独特的"窗口",也是现实主义创作方法提出的要求。他从书橱里拿出自己的作品,给我们看,并用一种异常缓慢的语调说:"我坚守一条:写作不仅要有良好的愿望,还要从生活出发,写自己熟悉的。我写革命的雄鹰少,因为不熟悉。三十年代中期,我写过一篇反映革命女青年从事地下斗争的《吕苇英》,发表在左联刊物《文学工作者》上。这作品我没有收入选集,因为不是写自己生活中的事,比较浮面。悬空写是写不好的,还是回到写自己熟悉的知识分子,这样较顺手!鲁迅在《关于小说题材的通信》里,希望两位青年作家不要'趋时',而要写熟悉的。信不是写给我的,我读了却很有印象。后来写作经历多了,对这个问题认识得更清楚,更加愿意守住自己的园地,不想离开!"

王西彦坐在沙发上,进一步用手势比画着说:"不能用黑白两种颜色去描写知识分子。要么绝对的好,要么绝对的坏——这样也许较省力,但达不到真实的要求。"他指出,一个人的世界观、精神面貌是很复杂的,没有一个绝对单纯的人,也没有一个革命者通体革命,讲一句话、走一步路都是革命的。革命者也是凡人。一个人即使走上堕落的道路,有主观因素,也有客观因素。尤其是知识分子,情绪变化更复杂,写出这种复杂性,才是可信的。

老作家雄心犹健,他一鼓作气,出版了十一二部书(包括整理旧作)。今后,他将继续给读者打开自己的"窗口"。

"我自觉身体还可以,至少还能再写十年!"——他笑了,在这宜人的凉秋之日,轻声向我们透露一个信息。

"旅人",这位白发皤然的文学"旅人",并没有因为长途跋涉而显出一丝的倦乏。他只是轻轻拂去"征尘",抖擞一下精神,又迈开他老年人的步伐,朝前走了。

凉

热烘烘的天,蒸笼一般,好不容易,熬到了立秋。但今年,是"晚立秋"——晚上八点多,立秋才姗姗进门。"早立秋凉飕飕,晚立秋热死牛"——民谚都这么说了。

果然,立秋过了,吹来的风,并未有一丝清凉。

但这个天地间,还是有人感觉到了凉意。

那是网上,"某大咖"谈"文化的发展"时,感叹以往的不少文化正滑行在"凉"的路上,并说了一句自以为"很残酷"的话——"现在50后、60后、70后甚至80后喜欢的文化,未来可能很快会被90后、00后终结。"

噢,是借用"凉"字,感叹文化的衰退和消亡!

什么样的文化形式呢?"玉石、翡翠","文玩、手串",年轻人没兴趣了;"邮票,古书籍,已经在凉的路上";"紫砂壶,喝茶文化","目前看来比较危险";"大多数的戏曲、地方戏","大部分会无限接近于消亡";"国画","有凉的趋势";"象棋,年轻人玩的越来越少了,游戏取而代之";"养鸽子、养鸟,被其他宠物取代";"中式家具,贵重木材家具,其实现在已经凉了";"电视台节目，全面凉"……

刚读完这些文字，打开手机，我又瞧见一则新闻——"上海爷叔35年无休，守护最后一家报刊门市部"，表明纸媒在走下坡路，"报刊销售亭"全面变凉；顾客们只能从这家最后的门店，寻找"纸质回忆"。

我心寂寂，惘然若失。

对象棋的兴盛，吾辈记忆犹新。七十年代，我们报社的象棋爱好者，以各种方式，过一把象棋瘾。有一天，跑体育的老记者，请来了中国象棋一代宗师、多届全国象棋个人赛冠军胡荣华，与报社的六位选手下"盲棋"。这回，可让我开眼界啦——"盲棋"，就是胡荣华面对墙壁、不看棋盘、用话说出每一步棋的下法，轮流同六位选手开战。半小时过去了，六盘棋格局大变，面容殊异，可胡荣华对各盘棋走成什么样，了然于胸，从容应对。最精彩的是，当其中一位选手走了某步棋时，胡荣华好心提醒道："这一步走不得，走了你要输的！"让他悔棋重走。记得，比赛结果，胡荣华赢了五盘，和了一盘。我听到身旁一位老编辑连连点头，赞曰："绝了！"

如今，此等盛况，不复存在。

集邮也如此。六十年代初，我们都是集邮爱好者，课余，捧着集邮簿，去集邮公司，看新出了哪些盖销票，有中意的，随时买进。还同周围的集邮发烧友，互通有无，交换盖销票。那年代，学校鼓励学俄语的学生，同苏联赤塔孤儿院的孤儿们通信，以促进俄语学习。孤儿们竟然也是集邮爱好者，随信寄来几张苏联邮票，大家没见过，视为珍品，放在集邮簿内，互相炫耀。

这样的集邮发烧友，今天，至少在我眼中，是越来越少了。想一想，我自己的集邮簿，也不知扔到哪个角落了。

至于地方戏曲——以昆曲为例——本来就是阳春白雪。六百余年的传承，磕磕绊绊，不容易，有点"曲高和寡"的腔调。文学性强，唱词或意气闲雅，风韵绵长，或深博辽远，直奔日月，或幽邃蜿蜒，以见闺情。现代以俞振飞为代表，振兴了昆山地区诞生的这一剧种。直到二十世纪八十年代，俞振飞仍以耄耋之年，为昆曲振兴，劳神费心。他受到昆曲粉丝们的拥戴。尊崇他，便是尊崇昆曲。有一次，我参加有俞振飞出席的有关昆曲活动，回程中，与他同乘一辆小汽车，目睹了他受欢迎的情景。

相比较，从80后到00后，还有多少昆曲粉丝？会不会，六百余年的昆曲，从此沿下坡路，滑到谷底？一股凉意，从背脊，到脚跟，直贯下来。

当然，放眼望去，有一些文化样式，不仅不凉，还挺有热度。诗歌——没凉！新诗的爱好者、创作者，在人群中时有冒头；各种长诗、短诗，犹如野地的花，春雨一洒，秋雨一灌，一堆堆，一簇簇，使劲绽放。还有，旧体诗词，也劲头正猛，并不因形式古旧、格律束缚，而让尝试者望而生畏。中华诗词学会的倡导，多次诗词大赛的磨砺，让构思精到、功力渐深的作品，屡现水面。我的微信群，独多诗歌发烧友，兴致勃勃，晒各自的新作，收取赞语，期待反馈。即使疫情期间，上午做核酸，下午依然探讨诗词。有时围绕"旧体诗，格律主要还是意境主要"的命题，喋喋争论，乐此不疲。我过去的一位老同事，八十多岁，住养老院了，却是三百六十五天，每日创作一首旧体词，比如立夏到了，写一首《眉峰碧》，诵咏"夏到蓬浓屏，墙角蛙跳影"；大暑来了，填一阕《唐多令》，吟哦"天帝舞火龙，时令大暑逢"，还准时发入我的微信，让我过一把古诗词之瘾。

小说——没凉！我定期收到上海出版的《思南文学选刊》，里面，每期都选载小说——来自全国各地文学刊物里的，从《人民文学》《收获》《作家》，到《钟山》《芙蓉》《四川文学》，应有尽有，且是精选，百里挑一；遴择之当，足见识力之锐。小说上品，已是粲然可观，作为基底的大众创作，队伍绝对更加庞大。"小说凉了"，乃是伪命题一个。

杂文——凉了？表面看，出版社——口子收紧了，有的社，一年一度的小说选、诗歌选、散文选、随笔选，均按时推出，唯独——杂文选缺席。你说操弄杂文的角儿，腹腔内啥滋味？但杂文家的韧性就在这里：面对冷落，他们偏让个体写作方兴未艾，偏让各地年会此起彼伏。"我们的杂文向太阳"——全国杂文界的一位领导人，早就亮出宣言了。想想看，太阳底下的杂文，能凉得下来吗？

至于纸媒，尤其是报纸，面对新媒体形式的日益繁盛，有少数关门歇业，是真的，但只要深刻理解报纸的职能，办得出色，有声音，富文采，信息量大，让芸芸众生感到缺不了它，肯掏钱订阅，且坐得下来，耐心翻读，就不会凉。

一代人有一代人的文化口味。太爷爷热衷的玩意儿，第 N 代子孙也要全盘接收？你不看看窗外的云山，已历经几度春秋？总不能让 00 后的清新型帅哥，去跳唐朝的胡腾舞、去玩战国的投壶、去写南北朝的骈文。同理，民国时期老妇人痴迷的掷骰子夺"状元签"玩法，也吸引不了装束时髦的当代超女。

时代朝前走着，优胜劣汰，适者生存。顺时应变的，自然会热气烔烔；撑不下来的，只好让它凉去。对那些有价值、无市场的文化形式，主动扶植，不使其凉下去，这——也是一种妥妥的"文化凉热观"！

寻 美

　　照天性来说，人都是艺术家。他无论在什么地方，总是希望把美带到他的生活中去。

　　　　　　　　　　　　　　　——高尔基

　　他这一生都在寻美。他是美化生活的人。

　　他懂得，美是容态可掬的，寻美是人生的一种历程。

　　他走到"南京理发店"门口，停住了脚步，心想："这是真的吗？"

　　他抬起头，一根红、白、蓝颜色相间的"三色柱"，在晴和的晨光里悠悠转动。

　　他曾被迫离开这家理发店。1978年3月，区服务公司党委派人上他家，请他回"南京理发店"当顾问。他听见自己的心在"怦怦"跳动。他悄悄呼唤着自己："刘瑞卿呀刘瑞卿，你回来了，终于回来了！"

　　这位经营女子烫发五六十年的全国著名特级理发师，这位上海市的一、二、三届人民代表，这位1958年曾出访欧洲四国传授经验的中国理发行业代表,看到店里老手们调走了,新手一时接不上,于是参加调查组,同几位名师一起,到工厂和其他理发店去"探测民意"。

一进工厂,他就被女工围住了。

车床女工说:"刘师傅,头发烫一烫,夹子夹一夹,帽子戴上去就不会滑下来掉在机器上了!"

纺织女工说:"刘师傅,我们天天洗头,烫一烫发,洗头就方便多了。烫发后头发服帖,风也吹不乱了!"

女医务人员说:"帽子不掉下来,操作起来就放心了!"

刘瑞卿又来到"北京理发店",向刚刚烫好发的女顾客递上"调查表",要他们回答"烫发有什么好"。有位女顾客说:"烫烫发,人就美观多了。我们搞建设,就是要让大家过上美好生活。我们自己为什么不能打扮得漂亮一些呢?"

刘瑞卿布满皱纹的脸,漾开了笑容。人民群众在装扮世界,也在装扮自己。他们的心灵是美的,他们的外表不也同样应当是美的吗?

一天早晨,店门还没有开,二楼一个小房间的窗口里,刘瑞卿又在观赏自己以前设计的各种发型的照片。照片上的妇女,有的沉思,有的腼腆,有的活泼。她们的发型,有的像云霞,有的似海浪,有的如漩涡,有的好比一朵盛开的菊花。看着看着,他忽然摇了摇头。这些旧发型已经过时了,该设计新的了。想着想着,脑海里出现了另一种发型——鬓角剪得短短的,露出半个耳朵。鬓角两边,头发成九十度直角,前面吹成麦浪型,花纹牢固,美观大方,既具有八十年代的"静态美",又适合各个工种的年轻女同志。

对了,就叫它"麦浪式"!呵,多美的名字!

他这一生都在寻美。他是美化生活的人。

二十年代末。旧上海。"紫罗兰"——一个单开间的理发店。"三色柱"在门前转动。小店刚开张,便从"白牡丹"理发店"挖"过来一个二十岁出头的理发师傅,人称"红牌师傅"(指技术好)的刘瑞卿。这位从"亚细亚""一乐也""白牡丹"等理发店一路"闯"过来的"红牌师傅",对国外刚传进来的火钳烫发技术十分神往,便约请了一位苏州姑娘,白天在她那头密密匝匝的秀发上烫好,晚上帮她洗掉,反复练习。姑娘高兴地看到,"红牌师傅"不断有新的创造。毕竟是"红牌"啊,当助手把烧红的火钳抛给他时,他能迅速而准确地抓住钳柄,随即把钳子在空中甩几甩,等温度合适了,便灵巧地在顾客头上卷烫起来。再蓬乱的头发,霎时间就出现了服帖美观的"水波浪"。

上海轰动了:"'紫罗兰'出了个'飞叉'!"小刘的绝技被人传说着。想请他传授手艺的理发店多起来了。

寻美者的眼,永远敏锐。寻美者的脚,不会停顿。

有一天,他听说,外国人开的"摩尔登理发店",挂起丝绒帐幕来了。烫发的,撩开帐幕进去;不烫发的,留在外面,进不去。好像有秘密在防备着人。

刘瑞卿暗暗打听到——外国人在搞电烫,对中国人保密!

他失眠了。甩惯了"飞叉"的手,搔着脑袋。突然,心中亮了——有位唱堂会的广东女人不是正打算去烫头发么,何不找她商量商量?

这一天,一对"夫妻"撩开"摩尔登理发店"的丝绒帐幕。"妻子"要烫头发,"丈夫"拿着书陪坐在旁。蓝眼睛的外国理发师,耸了耸高鼻子,却没说什么,照规矩,丈夫可以陪妻子进来的呀。但这位"丈夫"拿着书,却没看书,而是盯着电烫工具在琢磨——这电线是怎么接到头发上来的?怎么涂上药水通上电,让直直的头发弯曲起来的?他正在潜心观察,用心记忆,外国理发师走过来了,他赶紧低下头,假装看书。

烫好发,出了理发店,刘瑞卿为自己的高超"演技"笑了。苦心钻研了一段日子,"紫罗兰"——也开始搞电烫了!

美,是艺术,艺术在他手里,从来就是色泽绮丽,不拘一格。没多久,"一发多梳"被他探究出来了。电烫之后的发型,长发能梳成竖卷式、孔雀式、葡萄式,中发能梳成元宝式、香蕉式、扇子式,短发能梳成满头卷、淡波浪……

中国理发店"紫罗兰"门庭若市了。外国理发店"摩尔登"门可罗雀了。

万木萧条的冬日来临了,市民们又目睹了一幕——"摩尔登"关门停业了!

他这一生都在寻美。他是美化生活的人。

"美是到处都有的。我们的眼睛不是缺少美,而是缺少发现。"——雕塑艺术家罗丹,叮嘱人们,到生活的旮旮旯旯去发现美。

刘瑞卿设计发型,有点像在人的头上搞"雕塑"。他要到生活中去发现各种美,吸收各种美,让发型变得多姿多彩!

天边的翻卷云,路旁的金盏花、千日红,头上飞过的小燕子、百灵鸟……在他眼前各展身姿。

他看到杨柳枝随风拂动,想起了刘海儿。

他瞧见金鱼在水里摇动尾巴,觉得长发应该具备动态美。

他看京剧,参观画展,就在琢磨发型的线条和块面如何组成,才更匀称，同面孔更相配。

那回，去看电影《柏林情话》，曲折的情节，异国的风光，男女主角绵绵的情话，都没触动他的心弦，可是女主角头上那"无缝双花"的发型，却让他激动得坐不住了。他双手直愣愣地搁在椅子把手上，两眼紧紧盯着"无缝双花"，思索着：为何她的发型这样美？"花"做得多大才合适？头发是怎样卷起来的？"缝"在哪里？是有"缝"？无"缝"？边"缝"？一边倒？可惜，电影是演绎人物情节的，不是来展览发型的，"无缝双花"的特写镜头一晃而过。影片结束，他闷闷不乐地离开影院。后来，他又买票，把《柏林情话》看了三遍，终于把"无缝双花"搞清楚了。他略加改造，然后在"南京理发店"试行起来，受到了出人意料的欢迎。

有一日，他去上班，走过"新华电影院"门口，忽觉眼前一亮，一位女青年的长波浪发型吸引了他，便悄悄跟随她，从左右前后各个角度观看，研究她的发质、脸型，揣摩为什么这种外形条件最适合做"长波浪"？

走过了一条又一条马路，到了茂名路，女青年终于察觉到了自己被"盯梢"，便转过身来，警惕地望着面前这位老人。刘瑞卿歉意地笑着解释说："我是'南京理发店'的，我在研究你的发型，让你多心了，对不起！"

女青年还有些疑惑，刘瑞卿便补充说："请到我们店里来，我给你加工头发，好吗？"

不用说，这次巧遇，结局是圆满的——姑娘做了头发，很是高兴；刘瑞卿对"长波浪"发型的古典美问题，作了仔仔细细的研究，颇有心得。

他这一生都在寻美。他是美化生活的人。

美是涓涓流淌的溪水。美需要延续,需要传承。

"三色柱"在转动,转动。刘瑞卿望着店里打烊后,空空的店堂。让他感到欣慰的是,芬芳桃李已经遍天下。现在新疆的徒弟得到"小刘瑞卿"的雅号,评上了特级技师;贵州的徒弟评上了"先进工作者";徐州的徒弟在全江苏省理发技术比赛中荣获冠军;内蒙古的徒弟当上了技师;大连那位最早的学生,已经当了顾问……

他想起了袁美蓉。当年袁美蓉刚踏进"南京理发店",刘瑞卿就当上了她的启蒙师傅。这位两颊有一对浅浅酒窝的姑娘,进步飞快。有一年,朝鲜代表团来沪访问,分别给予他们师徒俩"千里马骑手"的光荣称号。后来刘瑞卿被迫离开理发店,袁美蓉也被调到公司搞财务。这次刘瑞卿重新回店,头一个就把袁美蓉请了回来。

有人煽冷风,背后散布袁美蓉回理发店是为了多赚几张钞票。

"小袁,闲话听不得。你还是拿定主意回来。原先掌握的技术荒废掉了多可惜!我还有些精力,还能传一些技术给你!"师傅还像当初那样爱护这个徒弟。

"三色柱"转动着,迎来了袁美蓉。

袁美蓉捏捏小剪刀,小剪刀不听使唤;修剪修剪"麦浪式","麦浪"不肯起伏。技术变得多么生疏了啊!刘瑞卿走过的路,就像一个美丽的海滩,滩上有许多亮晶晶的花纹斑斓的贝壳。自己老了,师徒相处的时间不多了,还是拣最贵重、最美丽的送给她吧!

这是一个小镜头——"南京理发店"里,有的理发师看到年轻貌美的顾客,就抢着做;而把老年人、长相一般、生理有缺陷的撇在一旁,推给别人做。刘瑞卿找来袁美蓉和其他几个徒弟,对她们说:"面孔漂亮,巴结点;面孔难看,马虎点——这些理发师的道德哪里去了？美化生活的人，怎能缺少美的心灵呢？"说着，用手在头发上做了个手势，"遇到长相一般或有缺陷的，不管她瘦也好，胖也好，长脸型也好，扁脸型也好，我们都要用发型的线条和结构去加以美化或弥补，使她们也能得到美的享受。今后挨到谁就是谁做，不能挑挑拣拣！"

从这以后，"南京理发店"里对顾客挑挑拣拣的现象少多了。

一天，来了一位熟悉的顾客。她准备做好头发，就去吃喜酒。刘瑞卿让袁美蓉先练兵，准备在束发上再帮她一把。他笑着向顾客打招呼："给你来个束发！小袁先上，我压阵！"

袁美蓉大胆上阵了。头一回，头发的花纹结构束得不美观，刘瑞卿说话了："拆掉重来！"

第二回，额前的头发配合得不协调，刘海一边倒，另一边额头遮盖得不好。刘瑞卿又说："拆掉重来！"一只手在悄悄启示：用交叉刘海。

徒弟是聪颖的。师傅关于束发的构思，在她手里成了美的现实——刘海交叉起来，上面头发的结构束得十分新颖，人看上去活泼精神！

顾客望着大镜子里的自己，又望望师徒俩，心满意足，笑了。

刘瑞卿脸色严峻，开导徒弟说："发型，要体现时代风貌。束发应当讲究造型。造型好比插花，心中要有个全局……"

袁美蓉感激地望着师傅。

又有一天，门外来了一位女青年，拉着袁美蓉连声说："我有信心了，有信心了！"

刘瑞卿一看，这位女青年理着一头典型的麦浪式发型，整齐，熨帖，大方。啊，理发师的修剪技术是高水平的！刘瑞卿饶有兴致，打听起来。

女青年姓甘，是第十八粮油店的营业员。前几天，一个星期日，小甘站在柜台前忙着，一位女顾客来买油。她反复打量小甘那乱蓬蓬的天然卷发，问道："你这'沙发'为啥不理一理呢？"

小甘叹口气："我对自己这头蓬发失去信心了！"

"应该去剪掉！"柜台外的那位，把空瓶放在柜台上，油也不买了，索性同她谈论起头发来。

小甘解释道："我跑了许多店，都没剪好，越剪，头发越蓬！为了不碍事，我只好用牛皮筋扎起来。"

女顾客又看了一眼小甘那蓬乱的头发，诚恳地说："这样吧，你到我们店里来，我替你剪！我叫袁美蓉，'南京理发店'的。"

几天过去了，小甘来了——将信将疑地问袁美蓉——"我的'沙发'剪短发，行吗？"

袁美蓉招招手，请小甘上座。不大工夫，一个麦浪式发型，在小甘头上出现了！小甘简直认不出自己了。

第二天，小甘把伙伴们带到"南京理发店"来玩，众人对麦浪式都很欣赏。几天后，袁美蓉又到粮油店看小甘，她的头发依然那样服帖……

刘瑞卿听着听着，愉快地笑了。还有什么，能比徒弟的进步更让他高兴的呢？

店门开了，小甘辞别了师徒俩，汇入了南京路上熙熙攘攘的人流。

门前，"三色柱"在转动，转动。美的事业，在继续，继续……

情感注入

文学评论,怎样才能像文学作品本身那样,讨人喜欢?

有学者开出了处方:"论家强烈的情感注入,会使评论增加单靠逻辑和理性力量所达不到的生气、活力和魅力。"

呵,情感注入——还必须是强烈的!

我的记忆之窗,突然打开,回望到2006年5月7日,在江苏常熟沙家浜举行的"贾平凹作品学术研讨会"。

"沙家浜"三字,太吸引眼球了,京剧中——阳澄湖,芦苇荡;郭建光,沙奶奶;还有,阿庆嫂同胡传魁、刁德一的"智斗",给我们留下一代人的记忆。在江南水乡,讨论西北文学,也很别致。许多知名学者、作家,都来了,贾平凹本人自然不会缺席。

我作为报社记者采访,全程参加了。

学术研讨会,顾名思义——学术味,逻辑性,理性力量——样样不能缺,但这回,我分明在耿直的学术味中,捕捉到了评论者的情感注入。

举其中几例。

比如,学者陈晓明注入的情感,是"复杂"。他说——"我对贾平凹有一种复杂的感情。贾是一种复杂的文化现象，始终是面对自己内心的困惑。""《废都》的出版，是中国文学的视点。""《废都》表示了这个时代知识分子的重新出场，对社会发表看法。""我今天依然对《废都》保持了批评。""贾平凹从古籍文化中找到补充。""贾是有裂痕的。""《废都》张贴在历史之墙上，一旦揭下来，就破碎不堪。""为何没有给贾以关注？这是一个值得关注的历史现象。"他还说："《秦腔》恰恰与《废都》放在一起，才显出力量。""其他作品没有与《废都》构成对话，只有《秦腔》与《废都》构成对话。""《秦腔》是乡土叙事历史的终结，几乎没有叙事，看到乡土中国的散乱局面。"

作家叶兆言发言，因为是同行，彼此理解甘苦，深得个中三昧，所以用了"庆幸""羡慕"两个词："我有一段写作很不顺利，看了贾的作品，他也不是很顺，很长时间不被人理解。""为他感到庆幸，在20世纪，能写很长时间。""作家成名前，成名很困难，但成名后，能不停地写，是很值得羡慕的。郭沫若过了五十大寿，变成郭老。茅盾后来变成茅公。我认为给贾平凹封个号是应该的。我至今依然喜欢《废都》，老天爷给他机会，写了这样一本书。"

作家苏童的情感注入，我听得出来，是"高兴"。他娓娓说道："我们几个有点'一小撮'的味道。为贾感到高兴。""他写一壶水，放在炉子上烧，水在沸腾。这壶水持续了我很长时间对贾的印象。""贾平凹作品是非常开拓的，最让人尊敬的是，声音都是嘟囔，非常个人、私人的，个人世界非常强大。""作家一种是健康、向上的，一种是有病的。平凹是病态和健康非常完美的结合。他是内心散发出来的，能支撑很长时间。对《高老庄》《白夜》是评论不够的。外界注意力的脱节对他来说是好的外在环境。向平凹学习、致敬。"

　　作家范小青,则明明白白,在讨论中注入了"得意"二字。她说:"读《秦腔》时很得意,这是不太多的,是有一种会意。历史与现实,人与事的把握极其到位。语言上讲,是很经典,无论从哪一页看,都能看下去。""不是我写的,但觉得得意。"

　　学者栾梅健,在回顾现代文学史后,情感上注入了"喜悦"二字。他这样回顾道——"鲁迅是乡土文学的起点,是在那西方工业文明冲击下的一片破败的景象里。鲁迅非常准确地反映了故乡的画面,闰土的精神上的贫困。这是高峰、起点。后来迎来了新农村的生活,赵树理是代表。在党的领导下,农民欢天喜地、翻天覆地的变化。《李家庄的变迁》展示明朗的农村,是第二个高峰。赵树理是单纯地歌颂。"文革",乡土文学的第三个代表是以高晓声为代表,李顺大等一系列形象说明农民心灵受摧残。""农村衰败,作家对农村隔膜了,面对农村巨大变化,看不到真正的好作品,在这种背景下,看到《秦腔》,有一种喜悦。""在工业化冲击下,农村破败的当口,《秦腔》把农村艺术性地展示出来。《秦腔》与《故乡》《李家庄的变迁》《陈奂生上城》相比美,《秦腔》是第四个阶段。"

　　学者丁帆,一上来就讲:"当'伤痕文学'盛行时,贾平凹写了《满月儿》;当莫伸写《窗口》时,贾平凹写了《二月杏》。"我听上去,他对贾平凹的"与众不同",情感上特别认可,对《废都》的偏爱,观点上尤其执着。他这样说:"我认为,从文学史角度、人物塑造的角度来看,《秦腔》不如《废都》。""《废都》产生的文化背景是很特殊的。""对《废都》,大家只看到性,但脱了性的外衣,是知识分子的精神阳痿问题。"他坚持认为:"作家在作品中的价值判断,没有对错,只是为时代提供了什么。所以《废都》

是20世纪下半叶不可逾越的大作品。应从文学史上看贾平凹提供了什么。"

学者南帆,则对贾平凹的文人气息情有独钟。"我以为用'知识分子'这个词不恰切,更倾向于用'文人'这个词。"他说,"理工科知识分子有基本理念,西方社会训练出来的。但贾平凹的叙述策略中,中国文人的气宇是非常明显的,他的书法、绘画也是如此。平凹有很多'文人'背景,恢复了中国传统美学的趣味,'笔记体'趣味很明显,更可归纳到'文人'范畴,如《废都》与昆德拉作品的性趣味就不一样。"

学者孙郁,褒贬分明——先肯定"迷人之处",继而否定"遗憾之处"。请听他的表述:"平凹作品的主人公有一种失败感,有一种鲁迅的传统,内心有黑暗,承认自己不行,无能。孙犁开始对他企盼,从平凹语言找到了一种质感,中国语言的灵动感。但后来平凹把恶毒、丑恶的东西弄到了作品中。""《秦腔》有许多龌龊的东西,失败感,挫折感。""关心病态是他最迷人之处。"然而,"遗憾之处:快乐在地下,没有飞起来"。"去国外洗过脑子的,写的东西飞起来,精神有灵动。""在乡土长大的,虽没有洗过脑子,但也认为传统叙述方式有点问题。""平凹有能量,有信息量,但没有飞起来。"

学者王尧,我听出他带有一点尊崇的心情。他那诚恳的语句,是这样组装的:"愿意称贾平凹为伟大的作家。""我没有完全读懂《秦腔》。面对平凹那么多作品,面对混沌世界,一下子想不清楚。""《浮躁》有历史叙述,后记写得特别好,后记表明他是散文大家。""贾的作品中有许多被现代性压抑的东西。""旧式文人的东西是我们文人的底色,聊以自慰的许多东西恰是文人化的东西。"

学者谢有顺的情感注入，我记得最清楚的，是对批评家本身进行反思——"《废都》把无聊写得这么透彻，因而反思批评家，把道德作武器往往很粗暴，让人不可理喻！"

听完众人富有情感的评论，我看见贾平凹放下手中勤于记录的笔，抬起头来，思索一下，用浓重的陕西口音说："批评都有道理，都是建设性的东西。写作是生命的另一种方式，不写也没事做。""新时期浪涛特别多，自己老是慢一步，写出来老争议，给自己带来慌乱，但引起思考，是好事，对自己大有作用。梳理梳理，想想都有道理，回去好好琢磨。"

哦，注入情感的文学评论，拨动了被评论者的心弦！

会议结束，与会者们坐着多条小船，穿梭在芦苇荡，听水声哗哗，闻芦花芳香，望岸柳成行，感受"沙家浜"的历史氛围。我呢，坐在船里，心心念念：回去把那些飘溢着魅力的评论，写入报道……

北海印象

一

初识北海，是在 2000 年。

那是我平生第一次到北海，参加一个杂文会议。议题已经淡忘了，反正是如何让杂文带点"火药味"之类。但讨论议题的环境，不仅没有"火药味"，而且浪静风恬、鸟语花香。会议间隙，大伙在银滩前眺望大海的景色，在细白的沙粒上赤脚行走，在凉爽的海水中感受海浪的冲刷。会后，还去海鲜市场参观，看到摊位上满是北海一带出产的对虾、青蟹、海马、海参、鱿鱼、鲍鱼、墨鱼，空气里飘浮着海水中固有的淡盐味儿。还到珍珠市场看看，那是由一个个圆圆点点连串起来的、闪着碎光的世界，大的、小的、天然的、人工培植的珍珠，让人眼花缭乱、目不暇接。在合浦，大家对成语"合浦珠还"做了一次复习——

合浦一带，原先不产粮食，唯有海里出产珍珠。贪官污吏派人拼命采集珍珠，致使珍珠都迁徙到交阯郡界去了。珍珠产得少，百姓没有钱买粮食，不少人都饿死了。孟尝做了合浦太守之后，革除前弊，不准乱采珍珠，未满一年，珍珠又在合浦海域繁衍起来，老百姓的日子又好过了。

呵！贪官治下——"珠去"，循吏治下——"珠还"。北海的历史证明了：反腐，历来是有益于百姓的！

于是我生出想法：要真正领略一句成语的原汁原味，最好是到该成语的原产地去走一遭。比如，要领略"杞人忧天"，有必要去河南杞县看看——不过，成本有点高了。

会议期间，我感叹北海空气的清新，时常作深呼吸状。反正，不吸白不吸。听阮直说，这里的负氧离子含量，位居全国前三位行列。有的老干部患气喘，一到北海，病就不发了。这偶然的一句话，我记在心里了。联欢会上，当《北海晚报》的郭铭光，和着《铃儿响叮当》的节拍，在两根竹竿之间矫健地跳来跳去时，我看得入了神。

我的心儿也在响叮当。

几年后，我和太太决定在北海买房。有人问：为何不在离上海近一点的地方买房？比如苏州、杭州。我答曰：太近了，房子再好也不稀罕。北海是中国的西南一隅；在千里迢迢之外能买一套属于自己的房子，在那里烧饭，洗衣服，交物业费、燃气费，这才叫优哉游哉呢。

人，需要活出一种感觉来。

2005年的时候，北海的房价远比东南沿海城市来得便宜，一般是2000元一平方米，如肯出3000多元一平方米的价，就能买到相当考究的住房。我们接连看了海景房、连体房、二层楼房、普通的居民房，有的粉刷一新、待价而沽，有的"的的笃笃"正在翻修，有的老房客尚未搬走，但接待的人都很热情，显示出新兴城市的商品房经济已经萌动,正在拔节生长。

选择是果断的:几天之后,以每平方米1480元的价钱,买下了二手房——某小区五层楼上一套三室二厅居室。这一价位,在上海连个亭子间都买不到。小区的名字带点童话色彩,所有房屋的外墙,是五颜六色,颇像用五彩积木堆垒起来的童话世界。用当今的时髦话语来说——小区的"颜值"很高!

我在上海的报纸上发表文章,说:"这次买房的动机,是为休闲,提高生活质量。"还说——

"住房的多少,折射出休闲的多少;休闲的多少,折射出自由的多少。自由,不可能在天天讲阶级斗争的社会出现;自由,只能随生存质量的提高,渐渐浮出水面。"

是北海,让我对"自由"的认识,有了一点深化。

二

十年中,我来过几次北海,每次都在自己的房子里,住上七八天、十来天。

夜晚,我躺在床上,常听到站北路那头隐隐传来的火车发动之声,我想,这不是北海前进的脚步声吗?确实,北海在变。这种变,需要隔一些时日,方能看得清楚。我所在小区门口的马路对面,第一次来,是满眼的草莓种植区,碧绿的叶子,布满在泥地上。路边有小贩,在卖草莓。不久再来,就变成了几家商店,我还到其中的一家药店买过药。后来又来,只见高楼拔地而起,我得抬头仰望,直听得高处传下来的"隆隆"的建筑安装之声。那高楼,气魄之大,名称之雄伟,让我肃然起敬——你知道叫什么吗?国际新城!

　　北海是一个适合居住、也住得起的地方。我用"悠闲""价廉""味鲜""源远"这四个押韵的词,来形容它。

　　悠闲,是北海给我的一种感觉。这里的人,有一种难得的定力,虽然不富裕,但气定神闲,笃悠悠,不急不慢,没有怒气,自得其乐。住在北海,可称为"闲居"(我对"闲居",颇为神往,写杂文也把《闲居时的断想》作为一个系列),生活节奏显然比大城市慢,中午休息时间稍长。满街的摩托车,奔驶在椰风海韵里,一顶顶银亮的头盔,映成一道别样的风景。公园里,石凳上,打牌、下棋、玩麻将的人,只顾自己忘情地投入棋牌阵,身边有多少人观看,有谁在观看,是全然不顾的。近几年,广场舞的韵律,似乎已漫入了小区,我有一回早晨被这乐曲轻轻地唤醒,看到楼下不远处,小区的平台上,有许多大妈在整齐地移动舞步,那旋律,真叫说不出来的好听!

　　价廉,表明北海的消费成本相对较低。前几年的出租车起步价是五元,马路边擦一双皮鞋,只需一元。有些本地人开的大排档,三四个人只要花上一百元,就能吃到丰盛的海鲜。网上有人讨论:在北海生活一个月,究竟需要多少钱?有说 2000 元的,有说 3000 元的,也有说 4000 到 5000 元的。据我判断,如果房子是自己的,3000 元一月便能过得不错了。如果上海的工资,拿到北海开销,日子过得还要滋润!

　　味鲜,是对北海饮食的大致概括。我每次到北海,总要去饭店吃一碗沙虫芥菜汤——嫩白的沙虫,嫩绿的芥菜——用上海话说,鲜得使人的眉毛都要掉下来!另外,车螺芥菜豆腐汤、椒盐弹虾、墨鱼西芹、姜葱花蟹,都有北海独特的风味。最近一次在外沙吃到的清蒸石斑鱼，是我此生尝过的石斑鱼中，滋味鲜美之最。

源远，是指貌不惊人的北海，也有它厚实的历史底蕴。当得知北海被评为"中国历史文化名城"，我对它的悠久历史更感兴趣了。有一回，我专程从北海市区乘车到合浦，去看"汉墓博物馆"。玻璃橱窗里陈列的青铜器、陶器、杂器，地下墓室里凹凹凸凸的坑，都在无声地陈述着汉朝盛行的厚葬之风。当时墓室里空空荡荡的，只有我一个人，安静得很，我仿佛一下子穿越了历史，与古老的汉朝面对面叙谈，我好像听见汉朝很有礼貌地在回答我的叩问。

今年三月，我与太太在北海老街漫步。沿街都是骑楼式建筑，方形门、带弧形的拱门，交相并列；招牌五颜六色，店铺古色古香，这是老街1883年以来就有的中西合璧的风景！墙壁斑斑驳驳，灰中带黑，是历史的尘烟所熏染的吧？我买了一顶帽子，戴在头上，帽子上印着四个字："北海老街。"我想起了林海作曲的一首歌，歌名也是四个字：《北海老街》。歌里唱道——

> 走在北海的老街，
> 遐想当年的岁月，
> 脑海里一幅幅画面在拼贴，
> 连接着爷爷故事的章节……

三

其实，北海画面的拼贴，也连接着文人故事的章节。

北海出身的文人，首屈一指的是陈建功。我在北海，一次也没有见过他，但常听说他，他的影子，他的影响，在我这个喜爱文学的北海新居民脑子里,是个不浅的存在。他是幸运的,在文学成为时代宠儿的岁月,他不失时机地拿出了足以震惊文坛的作品。中国文坛的两"功"——陈建功、韩少功——对中国新时期的文学,尤其是小说,贡献是不可磨灭的。陈建功长期在中国作协系统当"京官",这个"京官"当得不容易,也当得不错。

网上,看到"当代中国廖氏作家简介",有一长串名单,其中,我除了与廖沫沙通过信之外,唯一见到过几次的,就是北海的廖德全了。他是领导干部兼作家型的,当过北海的宣传部部长、副市长,后来又当市人大常委会的副主任。我印象中,坚定沉稳是他的特点,但他写起散文来,比如《崛起·超越》里的篇章,却是汪洋豪放、大开大阖的文人气派,一点也不输给专业作家的。我在想,领导干部懂文学,对一个城市的文学事业来说,是一大幸事。毋庸置疑——"内行领导内行",比"外行领导内行",成本要节省得多。

在北海,市文联主席董晓燕也是散文家。北海的散文有福了!董晓燕外表优雅,谈吐优雅,散文也写得优雅。她说她没有在大学里专门进修过文学,然而不知不觉地步入了文学。这应该是生活对她的馈赠。与我们交谈中,我发现她的性格开朗、阳光,对生活的态度十分认真。有一次,听她谈起她的儿子,言语中透露出一种呵护备至的母爱。这种真情,抒写在散文里,散文要不感人也难!《大海不告诉你》一书,将她的幸福指数统统告诉给我们了。陈建功说"幸福的花在她笔下开放着",阮直说她"是多元、多彩、多主题的生活家,然后才是作家",应该是知人之论。

说起北海的杂文,阮直是绕不过去的人物。这十年,我每到北海,总要先打电话给他。到了约定时间,"笃笃笃",有人敲我的房门，我一开门，总会看见他风尘仆仆地站在门口。他上五层楼有点吃力，但从不喊累，对友情的珍惜是他的一大优点，所以他能"朋友遍天下"。有时，他还会带几个文友来，把小菜也带来，大家一起洗菜、烧饭、品茶、叙谈。阮直的健谈是远近闻名的，他对时事的见解带有鲜明的"阮氏风格"，他对杂文的剖析给我颇大的启发。中国的城市很多，为什么西南一角只有北海成为杂文重镇？为什么北海的报纸发表杂文如此慷慨、如此主动？这需要给个理由，理由就是北海有个阮直！这种态势，看起来有点偶然，但偶然往往是必然的反映。阮直的意图须有个施展的空间——北海的领导支持杂文，北海的读者宽容杂文、乐于读杂文——几个元素一叠加，北海的杂文只有兴旺一途！而阮直本人，"虽是地方报人，却有全国影响，在京沪穗各大报的曝光率甚至高于本地报纸。于杂文和散文两方面创作均得心应手，是有名的得奖专业户"（朱铁志语）。还有人如此评价阮直的文字——"具有生命的原生态味道，像从大海里面刚刚捕捞出来的活虾鲜鱼，字字句句都在欢蹦乱跳。"我忽然想起，"一方水土养一方人"，阮直那种"欢蹦乱跳"的文字特色，是否也得益于北海盛产的"活虾鲜鱼"吃多了呢——当然，这有待于考证。

印象中，北海有不少人在写诗。诗，在当前已经明显退潮，浪花对海岸的冲击力远不如当年，但依旧有这些弄潮儿，在搏击风浪，如痴如醉。这种搏击，甚至是不带功利性的，纯粹是一种爱好。这就属于精神层面上的朝拜，属于终南山上修行之人的举止，与寂寞做伴，与灵魂做伴，让人好生佩服。我来北海的时间短，只遇到过其中一位诗人——湘雯。

湘雯是知识女性，研究生学历，就职于北海商务局。挑一百样别的爱好，也比写诗来得时髦、来得实惠，可她偏偏学习当诗人。她的诗句是跳跃的，像云雀，从一座山岭跃向另一座山岭。她漫游在"记忆深处"——"岁月/一旦湿了就很难再燃/一旦燃烧就很难再熄"；她要"找回自己"——哪怕"理想风帆搁浅堤岸的现实/一切是夭折的梦幻"；她这样抒写"雨的随想"——

满地的蓝蜻蜓
零乱的明丽与深邃
翅影与写意的滴声
总想飞向晴空

湘雯近年有何新作？愿她的诗句永远滴着灵感！

北海的文人，我印象里，还见过段扬。他好像是主持着某个记者站。有一回，忽然听说他与我住在同一个小区。他带我去他家，书香味十足的一个家，书架里好多书！足以证明他的勤奋。他写散文，文笔雅致，还千里迢迢去淮安领过奖。他写过一本《珍珠故事》，是对珍珠与珍珠文化的富有文采的稽考。可惜我没有此书，希望得到一本。最近在网上看到老憨对段扬的评价——"段扬是个雅人，不抽烟不喝酒，爱养兰花，喜逛书店，藏书数千册，作风严谨，气质儒雅。"真是段君子一个，相见恨晚！

那么，老憨是谁？从笔墨观之，颇有文人气质！但我这次来不及拜访了——我因为年纪大了，今年三月份，把北海的那套房子卖了。

今后有机会再来北海，一定要认识老憨！

屐 痕

路，是布满屐痕的地方。只要有屐痕，就会有路。

屐痕是顽强的，不管是山丘，是泥坑，是沙地，都会印上它的身段。屐痕是谦虚的，一阵雨下过，屐痕被冲得没了影踪，路仍在。有一回，飘起鹅毛大雪，路人艰难地行走，我望过去——他们留下的屐痕，不断被雪覆盖，但路已经成形了，可以供人辨认了。

去山西太原，听说了"万里茶路"，对晋商的屐痕，有了暖心的感知。

晋商是高智商的，未必学过亚当·斯密的经济学，但从他们的屐痕所到之处，能认定："看不见的手"——市场机制的自我调节、自我纠正能力——亚当·斯密提出的概念，已经深入其骨髓了。

晋商是山西的骄傲。你看，晋商博物院以得意的面容，介绍着晋商的历史。"万里茶路"，便是晋商多方面经商业绩中的一个侧面。茶叶是南方特产，喝茶是南方人的喜好，却被晋商开辟成"茶路"，达千万里之长，江南人难免百感交集了。

山西与茶叶无关，却与赚钱有关。嗅出了商机，就没有自动放弃的道理！福建与江西交界的武夷山区，盛产茶叶，像武夷岩茶，一向闻名天下,品种有大红袍、白鸡冠、水金龟、铁罗汉、半天腰。晋商瞄准商机,于是武夷山的山间小路,布满了他们的屐痕。他们买下茶山,聘请代理商,种植茶叶,收购茶叶,并开设茶庄、茶焙坊、茶库,加工茶叶,制成乌龙茶、红茶、砖茶,经过水路集中运到崇安县城,再进入江西。"茶商们为了运输方便,在山径乡路上铺上了石板,筑起了石桥。200多年来,这条百年古道上漫漫石路,曲曲弯弯,运茶的脚夫成群结队,摩肩接踵,人流如织。"

这些茶叶,被晋商运往全国各地,运往俄罗斯,运往欧洲其他国家。欧亚大陆之间,从此出现了一条万里茶路,不同国度、不同文化,被这条茶路连接起来了,路上满是运茶者的屐痕。

屐痕,是纯情的。

武夷山的茶路,到了太平天国期间,战火一搅扰,就走不通了。晋商头脑灵活,及时改方向,转身来到湘鄂一带,寻觅商机。

机会处处有,只等有心人。湖北的羊楼洞,湖南的羊楼司,忽然留下了晋商的屐痕。这些地方,太阳照射的时间长,雨水丰沛,很适宜种茶,且砖茶的味道醇厚,饮后齿颊留有余香。晋商在这里——"指导土人,教栽培及制造红、绿之法。"

新茶源找到了,扩大生产规模就摆到议事日程上来了。晋商不满足于木压制茶机,另辟蹊径,发明了铁压制茶机,效率成倍提高。运销茶叶之路,照样很长,很长——湖南、湖北、河南、河北、陕西、甘肃、山西、广东、青海、新疆,到处飘逸着茶香。而且,前往欧洲之路,越走越宽。资料显示,"从道光十七年到十九年,每年销往俄国的茶叶达二十七万俄磅,合二百五十多万斤"。

如果算上前面武夷山的茶叶,从清朝初期起,两个世纪,茶路穿沙漠,过荒原,传入欧洲和中亚其他国家,全程达13000公里,

"运往俄国的茶叶累计25万吨以上,经济总价值约100万两黄金"。

屐痕,是负重的。

晋商的"万里茶路",是一条向往财富之路,是一条以义制利之路,是一条信守诚信为本的商业理念之路。晚清名臣徐继畬,免职还乡后,在山西平遥帮助当地的票号制订经营章程,强调商业道德,提高商业信用度,茶商受此氛围的影响,茶路,也越来越长,越走越通畅。

屐痕,是文明的。

"老虎窗"

老虎窗，是凸出在斜屋顶上的窗，像一只虎，炯炯有神，蹲踞在斜坡。这种窗，增强了采光，让屋子的空气变好。

有人比喻说，自己脑袋后面像开了两扇"老虎窗"，透风，亮堂。

这里一定有故事。

我知道有这两扇"老虎窗"，已经三十多年了。当年，开"老虎窗"的主人，已经有许多作品问世，还得过几项国际大奖。一直到今天，报纸上，他的作品不断，读者能定期看到。

这些作品，就是"智慧快餐"专栏中的漫画。

先来看看——这些漫画的画面：

有些人一生中所犯的错误都是在本想说"不"的时候说了"是"（画面：画一个人直愣愣地从 yes 的 y 那一条长长的斜坡中滑了下去），讽刺那些在大是大非面前丧失立场、最后必然滑进深渊的人。

菜刀虽锋利，却无法削自己的柄（画面：一柄竖起来的菜刀，刀的木柄被画成一张飞扬跋扈的脸，菜刀的刀刃寒光闪闪，专门对着外部世界想砍削,却不会削到自己的脸),讽刺那种只革别人的命、不触及自己灵魂的人和行为。

前排"犯规"后的连锁反应……(画面:看戏时,前排第一个人违规站起来,后面第二个人看不见了,只好踮起脚跟。再后面第三个人更看不见了,只好站到椅子背上。再后面第四个人没办法了,于是叠了两张椅子站着看。最后面第五个人干脆爬到电线杆上看了)揭露一个人的自私行为会引起多米诺骨牌的负面效应,其破坏性质的惯力在传递时,会造成公序良俗的飞快倒塌。

放债人与欠债人之间有个奇妙的现象:前者记忆力越来越好,后者记忆力越来越差(画面:那个放债人手拿计算器,身体从上到下画满数字。旁边那个欠债人一身空白,拔脚想溜)讽刺如今商业社会中,不讲信誉、欠了债想赖债的人越来越多。

如今,"祝你生日快乐"的第一声问候通常来自银行和商家(画面:"商"字横躺着——上面的一点画成一枚铜钱,里面的"口"画成一只圆蛋糕,蛋糕上插着两根蜡烛),讽刺银行和商家不忘把你的生日变成一种商机。

警惕——卖伞的人造"雨"(画面:卖伞的人那平伸的右手臂上,挂着五把伞;左手臂高举,手心托起了三朵乌云,乌云下面纷纷下起了雨),揭露无良商人不择手段为自己赚钞票。

人生一世,上半世比高——学历、职位、薪金;下半世比低——血压、血脂、血糖(画面:一张老K扑克牌,左上角的K,正写,箭头向上;右下角的K,倒写,箭头向下),阐发一个哲理:人到晚年,要想开,健康才是第一。

等等,等等。

这些"智慧快餐"里的漫画,散发出的,是智慧。作者郑辛遥,从中享受到智慧的快乐,叫"智得其乐"。

能够"智得其乐"的,一定是聪明的人。聪明的人,一定有他走向聪明之道。

郑辛遥的聪明,来自他脑后面所开的那两扇"老虎窗"。他,就是本文开头所说的开"老虎窗"的主人。

他的漫画,成就很大,但起步之初,遇到过困惑。他不认识幽默,以为滑稽、好笑就是幽默,以为反常就是幽默,走在马路上,看到什么,就画什么。而滑稽的东西,只是让人笑一笑,笑声结束,也就结束了,没有给人思考的余地。1979年的时候,他凭兴趣,天天画,每天创作一两幅,产量大,用一个字概括:"猛。"后来,他觉得这样画进步太小,就开始埋头研究国外的幽默画了,还动笔,写了论文《论外国幽默画艺术的表现方法》,将幽默划分成几类——

移植法:如把钢琴键移植到生活中的楼梯上去。有人问:"楼上住着谁?"答曰:"钢琴家。"因为楼梯也像钢琴。

颠倒法:如把公路切断,保证铁路畅通;如把铁路切断,保证公路畅通,让庞大的火车头等一辆微型小汽车,想象小汽车中坐着大人物。又如胖子大人拿本小书在看,瘦矮小人拿本大书在看。

相似法:如一个老头的头,与一朵花相似,老头的面孔与花一样。

活现法:让一个静止的无生命力的东西在画面上活现,如日历上的一只船,在海洋上航行,下班回来,看到桌子上都是水,好像海洋倒翻了。又如画片上的女明星,看到一房间的人,含羞地笑了。

夸张法:如一个人弯弓搭箭射目标,人与目标只有五十米距离，而这支箭却有四十五米长。又如一个胖子，从游泳池岸边跳下去后，整个游泳池的水都溢出来。

1984年年底，他去长沙参加全国第一次漫画学术座谈会，会议给了他当头棒喝，他对自己说："郑辛遥啊，你要画漫画，就不光是画的问题，还需要读书！"

读书！读书！

他回来后，向单位——电报局——打了报告，申请留职停薪，说回去一不做生意，二不开店，而是加强自我修养，保证更多时间搞创作。他用软中带硬——漫画式的口气——对领导说："你是鼓励青年去混，还是去闯？"

领导是不是漫画爱好者，有待考证，但显然被他的闯劲打动了，层层审批，一路绿灯。

郑辛遥的命运之门打开了，前面有光，亮闪闪的，照过来。他回家后，不敢有一丝懈怠，抓紧每一分钟，猛画猛看。早晨吃完早饭，第一件事，到邮局报刊门市部，浏览报纸上有没有漫画。他舍得花本钱，天天买三四张报纸，一两本杂志，上午在家看报看杂志，读《大众哲学》《艺术哲学》等书，只要从书中发现新观点，就融化到漫画里去。

他性格开朗，善于在生活中发现笑料，善于同各种年龄段的人打交道。

当他进入上海《新民晚报》社工作，更是如鱼得水了。老一代漫画家，个个关怀他。他整天看漫画，挑漫画，编漫画，与老画家一起审稿。审别人，也审自己。

有时，他也遭遇才思枯竭的困扰，他马上意识到，这是他所站的位置决定了他的视野。他说："这就好比你和父母在同一幢楼，朝同一个方向看风景。你站在底楼，而父母站在三楼，在底楼被树木遮挡的风景也许在三楼一览无余。因此，并不是风景不存在，只是站得还不够高，暂时望不到而已。生活的道理那么多，就如同风景，如果发现自己视线受阻，那么唯一的办法就是向上爬，爬到八楼、十楼再往外面瞧一瞧，就会找到答案。"

"幽默的最高境界，恐怕是一种哲学道理"——这是漫画大家华君武，有一次给他回信，对他说过的话——他当作座右铭，记住了。

形式，是想象。灵魂，是哲理。

哲理，让他的漫画的品位，一下子提升了。

他接二连三，在国际比赛中获奖。他自己出钱，去欧洲旅行。

在国外，一切衣装、房子，对他来说，都是新鲜的。很多思维方式，也是新鲜的。回国后，有人问他："有什么大件带回来？"

"大件买回来，不会再生出来。长了那么多知识，脑后就像开了两扇'老虎窗'！"他诙谐地说。

"老虎窗"的故事，就这样流传开了。

"老虎窗"的主人，迄今已把"智慧快餐"漫画专栏，在报纸上连续刊登了三十年！

三十年啊，土星能绕太阳公转一周！

名　字

有一位编辑，他编过、改过的稿子达上千万字，然而他的名字却从不露面。当有人谈及这个名字问题，他回答："这有什么关系？"

有一位战士，为保卫边疆负过伤，然而他的名字也是不见经传的。当有人提到这个名字问题，他笑笑："这有什么要紧？"

一个编辑，一个战士，他们的眼睛盯着自己的岗位和责任，而没有盯着自己的名字。

纵观古今，放眼神州，像这样既平凡又崇高的名字，真如恒河沙数！

可以说，世界上百分之九十九点九以上的名字，是悄悄地来到人间、又默默地消失的。但这些名字不能传下去，又有什么要紧呢？因为，起这些名字的人，他们的指纹，砌入了古长城的砖石；他们的汗水，滴进了大运河的浪花；他们生命的火焰，点亮了城乡的灯盏；他们发出的能量，推动着历史的车轮滚滚向前。

他们的名字汇聚成一个复合名词：人民。

人民，这真是个顶天立地的名字！

有些青年人对待名字的态度，是发人深思的。某厂一个女艺徒，平素老嫌自己的名字默默无闻，却羡慕电影女演员的响亮的名字。当看到一本杂志的封面上有著名运动员的照片，便忽发奇想，以女演员的名字写了情书给这位运动员。那位也唯"名"是好，居然会情书往来，大上其当。故事结局尽人皆知：女骗子招摇撞骗，到处作案，终于锒铛入狱。

我不想品评此事的来龙去脉——这些，社会自有公论。我是说，她，当然也包括他，之所以有的会跌入泥坑，有的会上当受骗，最初都是从错误地对待名字问题开始的。

联想开去。若干年前，有个青年想造成为保护国家财产而同匪徒搏斗、英勇负伤的假象，使自己名扬天下，便朝自己胳膊开了一枪。当然，西洋镜戳穿了，他变得声名狼藉。子弹的弹头，染红了他的胳膊；子弹的硝烟，却熏黑了他的名字。

人的名字，是实实在在的东西。谁要在这里面掺假，当心历史点他的名！

爱惜你的名字吧，这是你的神圣的标志！

只有当你活得扎扎实实、问心无愧，人们因为有你活着而生活得更美好，那么，在你提起笔，往日记本、履历表、信笺纸、书本上签写自己名字的时候，手，才不会颤抖；脸，才不会发红；心，才不会乱跳！

过把瘾

几十年来，我的饭碗，就是编别人的文章，发别人的文章。也多次做过评委，评选别人的文章。这回，角色忽然换了，自己的文章，被"第二届中外诗歌散文邀请赛"评上了奖，当了一回得奖作者，享受了高规格待遇——在钓鱼台国宾馆领取奖牌与荣誉证书。

哇，过了一把瘾！

坐在钓鱼台国宾馆，看着大厅四周，金碧辉煌，我为诗歌开心，我替散文自豪。商品经济社会，许多行当一夜之间火起来，唯独诗歌、散文，历史最悠久，资格最老，却被边缘化了。尽管爱好者众多，但敌不过市场这位大佬，眼睁睁看着它俩靠在一边，坐冷板凳。如今，"中国散文网""华夏博学国际文化交流中心"等单位，不负时代的厚望，振臂一呼，挑起了繁兴诗歌、散文的重任，大张旗鼓搞征文，大处落墨搞研讨，与国内外广大作家联手，硬是将诗歌、散文邀请赛举办得声势浩大、红红火火！

我四处张望，大厅里那么多得奖作者，我居然连一位也不认识。不少人，我得从各自的乡音里，辨别他们来自何方。两鬓的弯弯皱纹，镶嵌着他们的风霜；手上的粗粗老茧，书写着他们的沧桑。面孔陌生，象征着高水平作者数量之多；方言庞杂，表明了各省市得奖面之天然平衡。如果弄来弄去是那几个得奖"老客户"，文学事业还想成长壮大吗？

诗无达诂，文无定评。不同的眼光，会发掘出新的、不同于往常的好作品。如此看来，这次邀请赛的意义，还在于实现了评奖价值体系的多元化，在全国原有的评奖机制外，竖立起"中国散文网"自己的价值标杆——这，对诗歌、散文的百花齐放，对作者中陌生面孔的涌现，是有利的。

北大的研讨会，我没准备发言，是想多听听别人的经验。其实，内心还是有一些心曲需要弹奏。我想说，写散文有"三难"，一是难在写不多，数量难以大幅度提高。红孩先生曾经讲过散文与小说的区别——小说是"我写"，散文是"写我"。这个概括很好。我的理解，"写我"就是写我的真实经历和真实感受，而一个人的经历毕竟是有限的，见闻也是有限的，记者采访的素材，可以写报道、通讯，却不一定能写成散文。所以，散文的产量相当有限。二是难在提炼和发现。一篇散文总要提升出一点经典意义上的认识，给人一点新的感受，否则，罗列一些事实，并无太大的意义。游记散文之所以难写，正是在于一不小心就变成旅游景点的介绍。三是难在语言风格的独树一帜。一段经历，一种感觉，用文字叙述出来，还比较容易，但要叙述得有自己的风格、魅力，让人一看就分辨得出是你的文章，而不是你隔壁邻居的文章，那就太难了。

四天时间，享受了荣誉，结识了文友，明确了前程，认清了险阻。我想说：我过瘾了！

王朔有篇小说，讲什么"过把瘾就死"。我这次过了把瘾，却根本不想死，而想继续在创作园地里莳花、锄草、施肥、浇水，尽自己的努力，让散文的花骨朵任性开放。

我对火柴充满了好感

这本长篇小说《梦断上海》的写作缘起，可以追溯到2001年2月2日。

这天傍晚，喜剧演员俞荣康来电话约我吃饭。席间，他提议我为他度身写一个电视连续剧，他来投资拍摄。我望着他那微微发胖、戴着宽边眼镜架的脸，脱口而出："康博士！我为你写个医学专家康博士！"

过了两天，我将构思好的第一集内容，即康博士从法国归来，路遇军阀混战，被败兵拉去当壮丁，后又当了俘虏，险些被枪毙，结果被爱上他的团长太太沈代君借故救了下来，又带着沈代君回上海就医的情节，详细地同俞荣康和导演滕寄望谈了。他们予以首肯。在以后两个月内，我又构思好了整个电视剧的前半部分内容。他俩认真倾听，并提了很好的修改意见。我接着又写了全剧的故事梗概。

后来，电视剧因故没写，我便将它敷演成章，写了长篇小说《梦断上海》。

这本小说其实讲了一个关于人性的故事。人性是古老而永恒的

065

话题，被人唠叨过千万遍，但一放入特定的语境，还是可以嚼磨出不同的味道来；这很像旧时给人排八字，即使年干、月干、日干都一样，只要时干稍具变化，所排出的生命轨迹便大相径庭了。

人性在现实中的表现是如此复杂丰富，以致我在为人物结构故事、筹划命运时，觉得再精心的虚构也总是相形见绌。一方在救人，一方在损人、毁人；前者永远也揣摩不尽后者的奇特心理，前者在后者面前常常吃亏。这使我记起西班牙大诗人希门内斯的诗句——

我曾想在路的尽头，
找到鲜花盛开的草原，
然而却陷进一潭污泥。

这"一潭污泥"，是小说的主人公极不愿见到的，他娴熟于将心比心，对人格的分裂总是难以解读，然而生活偏偏让他陷了进去。人性中的恶，便是一口大陷阱，它让人猝不及防。而当故事中那个叫贵祥的人，说出"大家都回忆，有公仇报公仇，有私仇报私仇"时，我们甚至可以看到一种似曾相识的、假公济私的东西，从眼前掠过。说实在，不太远的历史，可以从比它更远的历史中，寻觅到基因。

所幸的是，小说的主人公拥有一个很好的职业，这个职业使他养育起一种天性，并自始至终固守着这种天性，没有改变。叫他迂拙不慧也好，叫他书呆子气也好，反正就是按照他的本性在接待现实，执着得缺少弹性。小说这样写，与其说是为了让情节增加张力，不如说是为了给人性恢复一点尊严。当"日出而作，日落而息"的运转给生活带来数不尽的险风恶浪时,海面上总还看得见挺立的风帆。惟其如此,生活才有它存在的理由,才不至于惨遭没顶,变得像沙漠一样死寂。

我把人性的厮杀,放入这样一个时段内:1930年夏天到1932年春天。这个年代,清宫里的一些人还健在,许多事,既带着民国的胎记,又拖着清朝的影子。津浦线上军阀混战的枪声,巴黎国立医院培养中国医生,建福宫珠宝的风流云散,"放足会"号召缠足女子放脚,对鸦片的寓禁于征、明禁暗纵,等等,都是这个时空内扑面而来的真实。而我的任务,不是去展览这些"古玩",而是将它们当成载体,装运着人性,去做某种演绎。

这是我的又一本"福禄街人物志"。按照我原先的设想,在我描写上海的小说中,都出现一条虚构的、攒聚着"人气"的福禄街,这条街很长很长,矗立着许多建筑,活跃着许多人物,发生过许多事情;每本小说写其中的一些人物。所以,本书中诸多人物的笑语、哭声和梦境,也都洒在福禄街上了。

现在看来,是俞荣康的一个电话,催生了这本小说。一个电话就是一根火柴,把我的感觉"哔哔剥剥"点燃起来。在这新的一年到来之际,我想说的是:我对火柴充满了好感。

花常开　刺常在

《讽刺与幽默》今天四十岁了。它是我的朋友，对朋友的生日，理应祝贺，而且是真心实意，不打折扣。

《讽刺与幽默》与改革开放同时起跑！改革开放解放了人的思想，也确保大家既能享有讽刺的权利，又能释放幽默的天性。天底下，有鲜花美景，也有百般丑态。对后者，必须揭露批判。这家报纸选择了"刺它一下，幽它一默"的办法，实在是又智慧，又形象，又生动，又解渴，于讽刺对象，会惊心骇目；于读者诸君，能心悟神解。国内报业中，四十年如一日，扑在"讽刺"与"幽默"怀里，靠它吃饭的，独此一家。"独养儿子"最受人宠爱！

我吃饱了饭，常常打开电脑，浏览《讽刺与幽默》。真是要新闻性，有新闻性；要故事性，有故事性；要知识性，有知识性；要艺术性，有艺术性。这里是漫画的天下——漫画家纵笔驰骋，妙思连篇，关乎国运，系乎民生。这里是杂文的天下——杂文家托物陈喻，攻瑕索垢，大到宇宙，细入毫芒。漫画与杂文一搭一档，一吹一唱，珠联璧合，共挑大梁：既有对"葛朗台"式贪官的你揭我批，也有对五花八门的"仕途风景"的你嘲我讽；既有对毁坏孩子的"黑暗童话"联手剥皮,也有对"暑期整容热"的同声规劝;既有对彩票"藏污纳垢"的并肩声讨,也有对"医药代表"的"顽疾"共下猛药;"夸张寿宴""夸张音乐""夸张账单",无一不在漫画和杂文的艺术夸张面前,真相毕露。从第一版到最后一版,图文并茂——文是图的点睛,图是文的延伸。就像人生的显微镜、社会的照妖镜,有哪个假名托姓不被穿帮?有什么魑魅魍魉不现原形?

我读着读着,有时想笑,有时想哭,有时会惊,有时会愣,有时像被蜇了一下,刺痛不可名状,有时如被挠了腋窝,奇痒难以遏抑。这就是讽刺的效能、幽默的功用。可以发现,编辑们是在倡导幽默文化。据说,一个人的幽默能力与他的情商成正比。学会幽默,为人处世,会更富有人情味,更游刃有余。如此看来,《讽刺与幽默》还是一所培养情商的学校。

我的朋友圈,更多的是杂文家,大伙对《讽刺与幽默》都有好感。四十年来,很多人读着它,渐渐长大;我们则读着它,慢慢变老。而今,满头白发的我,唯愿这块园地不要变老:花常开,刺常在!

儿童的情趣

柯岩有一首儿童诗《看球记》，写一家人在看足球比赛时，争论哪一队能获胜。爸爸善于分析，希望其中某一队赢，因为这个队曾得过省的冠军。妈妈很懂礼貌，盼望另一队能胜，因为那个队是"远道而来的客人"。家里其他人也谈了看法。最后轮到小弟表态。诗中写道——

"只有小弟什么也不懂，

他说最好让两边都赢。"

读到此，令人哑然失笑。小弟的想法天真，然而感情真挚。我在十多年前读过此诗，但这些充满儿童情趣的诗句，至今仍然不忘。

"儿童情趣"这四个字，在曾经有过的一段时期内，命运不佳，横遭批判。当时论诗、写诗，都忌讳这四个字，以致一些儿童诗，不是满纸说教、形象萎蔫，便是正襟危坐、趣味索然。那时我也是喜欢写写儿童诗，经常投稿的，对这一点印象很深。

"儿童情趣"，就是抒儿童之"情"，寄儿童之"趣"。儿童在德智体诸方面都处于成长过程中，他们的思想感情、心理状态、兴趣爱好乃至语言，都具有自己的特点，即天真，幼稚，不加掩饰，充满幻想，求知欲强，等等。"儿童情趣"便是这些特点的反映。例如有一首题目叫《天上的歌》的诗，写一个名叫小延歌的儿童怀念敬爱的周总理。但和一般的成人诗不同，它是通过充满儿童情趣的语言表达的。小延歌梦见自己在天上见到周总理，但又希望这不是梦。诗中写道："世界上有个顶好的人，一百年，一千年不会逝世。""说出来你也一定不相信，会说我是个傻孩子。可是那天我真的见到了他，真的！真的！是真的！"后来，他懊悔自己没记清"啥时间和周伯伯分的手"，"为这事我哭过好几夜，爸爸妈妈可以作证明"。这些心理活动，带有鲜明的儿童特点，生动感人，把我国儿童对周总理的怀念，真切地表达出来了。

表现"儿童情趣"，还有助于刻画儿童性格，褒奖优点，针砭缺点。另一首题目叫《我们班里的嘴巴》的诗，写一个小学生以前上课不专心，"语文老师说：'唐朝有个诗人李白。'他的嘴巴说：'墙角有只蟋蟀。'算术老师说：'二分之一加二分之一是一。'他的嘴巴说：'爸爸的妈妈是奶奶。'"后来，他进步了，上课时嘴巴紧紧闭起来，耳朵竖起了听。为什么？原来，"那张嘴巴轻轻回答：'我不做交白卷的！'"这就像一幅漫画，通过"嘴巴"这个富有个性、饶有趣味的形象，勾勒出一个小学生前后不同的精神面貌，让儿童懂得什么是好的，什么是不好的，从而看到学生为美好的明天而努力学习的新气象。

"儿童情趣"必须是从生活中来，而不是由大人故意去牙牙学语，写几句"饭饭""粥粥""糖糖"之类的话就可以过关的。否则，岂不像"二十四孝"里的老莱子，躺在地上学"小儿腔"吗？古人说：写诗应当"待境而生，便自工耳"，而"不可凿空强作，出于牵强"（魏庆之：《诗人玉屑》）。鲁迅也说："有真意，去粉饰，少做作，勿卖弄。"这些话，对写儿童诗同样适用。

"江南独秀"

风雨迭变,改不掉戚浦塘河水的性格,她总是泛着静谧的银光,透着股灵气,给这块叫作"太仓直塘乡"的土地,平添了姿色。

而今,枕着戚浦塘而筑的一幢大楼门前,我看到新挂起了一块木牌,上书:"塘乡女子画院。"

办"女子画院",真是闻所未闻!古老的土地,一切都在变了。"会不会层次太高?"一句欲说还休的疑问话,挂着大耳朵,被田野风捎了过来。

就是要层次高——直塘乡党委书记这样说。清清的戚浦塘河水,应当感谢这位有着艺术家气质的年轻领导者。这是他的信念:经济上富了,文化上也要富。这是他的决策:把"女子画院"作为一家经贸公司的"文艺车间",让学员成为公司的职工,专职学画。他自己,出任画院院长。经贸公司的经理,负责付给学员生活费。他面容憨厚,做事却精明,把企业作为硬件,将画院作为软件,还想将来借此辟个旅游点。

就是要层次高——太仓市委书记也支持。太仓仓廪丰实,养育了"娄东画派"的"四王",养育了"梅花草堂"的朱屺瞻。人杰地灵,艺术的"香火"不能断哟。女子性格阴柔,于绘画特别适宜。

加拿大一位企业家也举双手赞同。他说:"我担任女子画院的顾问。"著名画家程十发、林曦明举双手赞同。他们挥毫题词:"江南独秀","画最新最美的图画"。

"忐忑不安",是最好的形容了。十六七岁,二十郎当,正是女儿好年华,步入考场,她们紧张,担心考不进。她们目光如炬:放弃原单位的优厚收入;她们神气若凝:要同绘画结"百年之好"。娄东"四王"的后代们,即便周身泥巴,也与艺术有情分!

考试是严格的,选拔是认真的。十几个女青年,成为幸运儿,跨进了画院。画院免费为她们供应纸笔墨。她们的任务:每天从早画到晚。有各种老师上课,全面提高她们的文化素养。

画笔抖颤,她们咬咬牙,令笔锋凝聚;线条稚嫩,她们运运气,让笔迹变老。这是树叶,要绘出疏纵厚茂;那是根须,要描出赘拙古朴。她们捧着《芥子园画谱》,低头琢磨;她们比照"倪云林树法",刻意领会;她们依据颜真卿字帖,悉心临摹。

十几人一式,端坐挥毫。画院副院长赵竹鸣走来,皱眉道——

"坐着干吗?站起来!站着才能运气,才能俯视画稿,掌握角度,才能长寿。朱屺瞻一百多岁,是站着画的!"

"唰"地,三排女青年笔直站起,好像高高低低的小树林。十几支画笔,直落落挥洒,又似整齐的乐队。

一女青年,画人体像,头部、颈部、脚部,比例较为匀称。我惊讶:她学过透视?她说:"我做过裁缝。"我释然:"怪不得,量体裁衣,练就一副好眼光!"

更精彩

　　一女青年，屏息会神，描着枝叶。她来"女子画院"前，乃标标准准一个种田女。摊开手，掌心却少有茧花。她的父母辈当年是"红心绣山河"，她不同了，是"彩笔画乾坤"。

　　有两姐妹，并肩站着，活脱脱相似，临摹的笔力却各各有别。她俩总是笑，颊角的红晕，像天边淡淡的霞。她们偷偷对视一下，是在暗暗较量，还是在为十几人中她们一家占了两个而自豪？

　　我捧着这些画稿出神。一切还只是开头。开了头就有希望。

　　贾平凹写春，有"春光悄悄儿走来"之句。站在"塘乡女子画院"的木牌前，我看见那春光，正不紧，不慢，悄悄儿走来了。

路是有坡度的

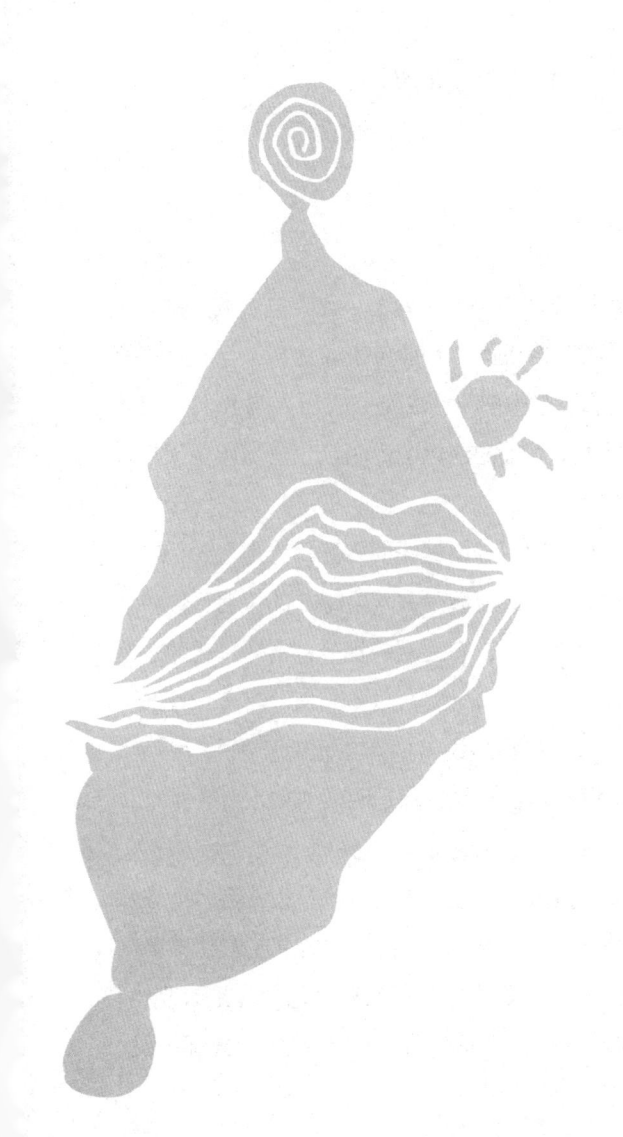

夕阳更精彩

秦裕伯的犟

十多年前,在某影视公司的一个饭局上,我听电影演员秦怡谈家世,她说:"我是秦裕伯的后代!"神色带着些自豪。哇!秦裕伯,不就是上海城隍庙的城隍爷吗?城隍爷的后人与我们同桌吃饭!我顿时觉得饭菜好香,面前的这位电影明星,也仿佛多了点仙风道骨,有了些新光泽。

秦怡的自豪,自有她的道理。不是任何人死后,都可封为城隍爷的,历史只在极偶然的片刻,给极少数人以特殊的待遇,你嫉妒也没用。关羽进庙,封为关老爷,有关羽的福分;秦裕伯进庙,封为城隍爷,有秦裕伯的福分。

秦裕伯是元末明初人,严格地说,他活在元朝长达七十二年,活在明朝只有五年。但城隍爷的光环,却是明朝的主儿捎给他的。

脱去神化的光圈,究其实,秦裕伯与你我他一样,也是凡人,但其家世有遗泽,掰起手指数数,让人羡慕。八世祖秦观,北宋词人,"苏门四学士"之一,"两情若是久长时,又岂在朝朝暮暮",便是他的佳句,一个男人,把爱情挥写得如此高洁,真是有品位!祖父秦知柔,乃"宦室裔胄","通儒书,长于律","人品不凡,倜傥纯粹，襟怀洒落"，南渡来到上海县，"筑室治圃，深衣幅巾，以节斋自号，作菟裘之计，盖将终身"，并担任一些职务，死后被尊称为"元处士节孝先生"，这"节孝"二字，得来不易。父亲秦良颢，汉人出身的蒙古学家，任国子监学录，"其平时一言一动，无不揆乎道义，人皆称笃行君子焉"。"笃行君子"，也令人仰慕！（引自《秦裕伯生平辨析》）

如此家风，想不受惠也难。

所以秦裕伯一踏上人生之路，脚印端正，腰杆子笔挺，有时甚至会袒露出一个字：犟。

这个"犟"，十分形象，上面是"强"，下面是"牛"，像"牛"一样强劲，固执，不服劝导。往正面的含义提拉——便是意志顽强，坚持自己的合理主张，不轻易苟同，不随便屈服。秦裕伯的"犟"，并不是走在路上不给人让路的"犟"，而是不给重量级对手以面子的"犟"。这个对手，先是元末起义军首领张士诚，后是即将披上裁剪好的龙袍、准备君临天下的朱元璋！

史籍记载，文字简约，但真的历史画面，线条沉重。秦裕伯在元朝时，担任过湖广行省照磨、山东高密县尹、福建行省郎中、行台侍御史、延平路总管兼管内劝农事。五十八岁了，爹妈年老多病，加上他对官场上的倾轧，厌倦透顶，于是辞官回乡。六十岁了，如今普通人也在办退休手续了，张士诚却景仰他的名气，两次派人来，招他做官去。一般有官瘾者，有野心者，求之不得，正好借此腾飞，保不齐张士诚能夺得皇位，自己也可在新朝崭露头角，青史留名。可是秦裕伯"犟"极了——不去！

后来朱元璋的军队打到了松江府，钱鹤皋起兵反抗，失败被斩，据说临刑时"白血喷注"，朱元璋文化低，迷信思想又重，认为这一定是"厉鬼首",因此"命天下祭厉",使"无祀鬼魂钱鹤皋"今后不再捣乱。除此之外,想再挑选一位上海当地的元朝官吏,镇住局面,不让"厉鬼"兴风作浪。朱元璋,这位自小听寺庙钟声练就听力的和尚,早就风闻秦裕伯良好的政声,在秦裕伯七十一岁时,颁发《聘裕伯公御书》,请他出来做事,谁料秦裕伯不看朱元璋即将登基的大势,毫不领情,依然"犟"字当头——不去!并针锋相对,写了却聘书,让人转交,理由当然拿得出手:"食元禄二十余年而背之,是不忠也;母丧未终忘哀出而拜命,是不孝也。"

第二年,秦裕伯七十二岁了,朱元璋以天子名义,正儿八经公布《再聘裕伯公御书》,秦裕伯还是"犟"——不去!并再写却聘书,予以婉拒。

朱元璋觉得很没面子,接着发出《三聘裕伯公御书》,传书者对他厉声恫吓,晓以抗旨的严重后果。秦裕伯掂掇再三,觉得好汉不吃眼前亏,勉强收起"犟"字,打点行李,走上仕途。

一个"犟"字,映现出秦裕伯平生的执着。早在元朝为官时,他就勤政爱民,执着于为一方百姓谋福利。他行有实效,口无华辞,受到百姓交口荐誉。比如在高密——这块六百多年后被作家莫言描写为盛长"红高粱"的地方——在元末却是穷地方,有史料显示:当地"人人拖黑腿,个个龇黄牙。有土都是碱,无田不养蛙。"即使有人放开歌喉唱——"妹妹你大胆地往前走啊,往前走!"也没法走(因为那里是"苍茫一片洼")。秦裕伯到了该地,指导民众"堑其周为渠,以蓄大雨,渠外筑埔,以防野潦"。结果,改变了受灾状况,使麻禾菽麦,"连岁大熟"。他在高密,"断狱明决,建城池,立坛陵,筑堤防,修学校",民众感恩戴德,自动为他立碑。即使后来他面对《三聘裕伯公御书》，不得不入朝，其心态也是如后人秦荣光赋诗所说：“救万生灵一入朝，肯贪五斗折陶腰。”放下"犟"，弯下腰，目的也是为救千万生灵，体现了一种"不论前朝今世，但求天下太平"的执着。

一个"犟"字，还映现出秦裕伯忠于诗书礼仪，忠于自己的内心。元朝的官场黑漆漆，钩心斗角，他看见了，也经历了；明朝怎么样？以他对人生的历练，也认为好不了多少，虽然朱元璋滥杀功臣的血腥把戏还未上演，但刘伯温在洪武元年因杀李彬、祈雨不灵受李善长恶意中伤，因而被朱元璋冷落，回老家休养的一幕，他应该是看在眼里的。洪武三年，秦、刘二人同为京畿主考官，有没有就此发过牢骚、交换看法，史无记载；刘伯温写给侄子的古体诗——"谁谓河弗广？可航可荡。风波无期，不如勿往"，"中田有禾，园有树麻。发石有泉，可以为家"，他也未必读过，但读书人对时事的看法差不多，对陶渊明写《归去来兮》、向往田园生活，是心有灵犀一点通的。所以，尽管刘伯温的遭遇未落到秦裕伯头上，而且秦裕伯"博辩善论说，占奏悉当帝意，帝数称之"，他最后还是在得知要出任陇州知州时，坚决辞官回家。

秦裕伯的结局还算平静，1373 年（洪武六年），他在家里悄悄离世。而比他只晚死两年的刘伯温，心情坏多了，尽管被胡惟庸毒死一说，是民间的编造，但阴影笼罩，内心郁闷，是肯定的。所以秦裕伯假如多活几年、十几年，朱元璋猜忌的目光就可能横扫他，与他固有的读书人理念相悖，他再"犟"，也"犟"不过天子，什么样凶险的后果都会冒出来。

但他拒绝出任陇州知州，还是在朱元璋心里埋下阴影。居然有人在皇上面前脾气执拗，皇上的脸朝哪搁？加上对"厉鬼"钱鹤皋作祟的恐惧，于是乎，"生不为我臣，死当卫我土"，一道圣旨下去，将死后的秦裕伯追封"显佑伯"，做了"上海邑城隍正堂"，每天"端坐"庙宇，替朝廷保一方平安。

"犟"了一辈子的秦裕伯，万万没料到，自己从"人间"走上了"神坛"，被人用香火供奉起来。

朱元璋归朱元璋，秦裕伯归秦裕伯。不管怎样，裕伯公的形象是好的，人活一辈子，能被后人惦记着，成为正气的化身，借以辟邪驱魔，总是了不起的。作为上海人，为上海这片土地的坚强性格、刚劲气质而深感骄傲。而秦裕伯早在元末明初，就代表着上海民众的性格与气质，并作为精神象征，在明清几百年中，守卫和陪伴民众，使他们生生不息，创造业绩。这笔精神遗产，或曰精神特产，假如不好好研究，岂非可惜？

老朱我很久没去城隍庙了，再去的话，一定不再是看看热闹、闻闻香火，而要让自己的眼光，带点历史内涵、文化内涵……

方孝孺的肉

明朝的方孝孺，几百年来，留给人各种看法。但无论如何，"靖难之变"，他拒绝为燕王朱棣起草即位诏书，惨遭磔刑，这种以身殉道、不畏刀锯鼎镬的气魄，令人叹服。

周吉甫的《金陵琐事》，记下一则轶闻——

"成祖杀方孝孺，令人食其肉，食肉一块银一两。有吏之仆食肉得银，归家说其事，吏闻之大怒，喝仆一声，激裂其脑而死。义哉吏也，不得其姓名乡里。顾孝直谈。"

周作人1936年曾写文章，谈及三个人对此轶闻的看法：他本人所恶的是令人食肉一块给银一两的永乐朱棣；他朋友轻蔑那食肉得银的仆；而揣摩周吉甫的意思是，方孝孺的肉是吃不得的，或者别人的还可商量也说不定。

"吃肉事件"，其性质，像水面的漂浮物，不难判定。朱棣最残暴；仆最无赖；吏最侠义，敢对仆怒喝；周吉甫最公义，敢用文字记录，替方孝孺鸣不平。至于吃别人的肉还可商量，则是周作人的主观判断，周吉甫本意未必如是。

但我还有一层意思，即：方孝孺这一身让朱棣切齿痛恨的"肉"，是如何长成的？

鲁迅在《"硬译"与"文学的阶级性"》中说，"但我从别国里窃得火来，本意却在煮自己的肉的"。肉是靠"煮"来炼成的，"煮"是需要"火"的。方孝孺是用什么"火"，来煮自己的肉？

我手边有《逊志斋集》，随便翻翻，就把这问号给解答了。

《逊志斋集》900页，厚厚的，囊括了方孝孺许多著作，显露其一生轨迹。他自小就是读书种子，两目炯炯如电，"日读书积寸"。待到拜理学家宋濂为师，"公视其凝重不迁于物，颖锐洞释诸理，有喧啾百鸟中见此孤凤凰之喜"。果然，孤凤凰没辜负导师期望，学业大进，连宋濂也感叹他"才器之奇"，"加以岁年，吾且畏之"。朱元璋断定"此异人也"，第一次不忍轻用，留为子孙光辅太平；第二次委为汉中府学教授。惠帝即位，方孝孺被召为翰林博士，"寻进侍讲，礼遇甚重"。

方孝孺继承了程朱理学，学圣人，做君子，"慨然以经世宰物为心"，强调"躬行为先"，"谓三代政教凿凿可行于今，其本在修身，故笃志力行，箴儆之道无不备，心事皦然，无毫发可疑"。当时人钦仰他，"以为颜孟程朱复出"。当代也有学者概括说，他在教育、礼治、文与道、驱斥异端这四方面，有突出见解和贡献。《逊志斋集》中，杂著、书、表、笺、启、序、记、题跋、赞、祭文、诔、哀辞、行状、传、碑、志、古诗、律诗、绝句，等等，无不是他传扬理学精神的载体。

例如，他发现，不少人看重治理天下，忽略治理小家庭，造成"骨肉之间，恩胜而礼不行，势近而法莫举"，"故家人者君子之所尽心，而治天下之准也，安可忽哉？"于是写下《家人箴十五首》，从"正伦""重祀""谨礼""务学""笃行""自省""绝私"等十五个角度,给家人立下规诫,并与有志者共勉。

还有,他认为:"饮食言动,有其则;喜怒好恶,忧乐取予,有其度。""学者汩于名势之慕,利禄之诱,内无所养,外无所约,而人之成德者难矣。"于是从"坐""立""行""寝""揖""拜""食""饮""言"等二十个方面,规范人们的举止。取名《幼仪杂箴》,含"自少至长,于其所在皆致谨焉,而不敢忽"之意。大家看,这像不像方孝孺式的《弟子规》?方孝孺从小是如此修行的,难怪朱元璋见到他,认为他举止端庄了。朱元璋小和尚出身,做起诗来俗语连篇,硬充风雅,但对有文化品位者,还是眼睛一亮,蛮尊重的。

方孝孺用理学之"火",来"煮"自己的肉。他最守规矩,最讲名实相符,因而得祸最惨。

所以,方孝孺的肉是吃不得的——周作人揣摩周吉甫的这一层意思,应该是不错的。吃方孝孺的肉,就是在吃读书种子,就是在灭传统文化!

方孝孺相当了不起,一个人具备这一身肉,"煮肉"之火必有不凡之处。方孝孺尊崇的是理学,理学家认"正心诚意"为正道,甚至敢把这句话扛到皇帝面前,用来格君心之非,以正朝廷。这种事,即使在现代,也很少有人能做到。方孝孺也有"迂"的一面,不够策略,"便灭十族又奈何"这种狠话,去讲它干什么?你讲得出,别人就做得出,你低估别人的豺狼本性了。

国学国学,传统的学术文化也。它有精华,也有糟粕。其精华部分,火头掌握得好,确实可以"煮"出合格的"肉"。如今,国学又吃香起来了,导师不少,弟子众多,但摆"花架子"者有之,知其一不知其二者有之，借此图利者有之。这让人头疼！如何真正取国学之精华，弃国学之糟粕，为塑造全新的现代人出力，是摆在国人、包括方孝孺后代面前的一个有分量的课题。尽管朱棣灭十族，但方氏子孙，依然繁兴——我最近看了有关报道，很觉欣慰。

计六奇的胆

把历史记录下来,不仅需要勤奋,而且需要胆量。

无锡人计六奇,两条都具备了。特别是后面一条——有胆量,给人印象深刻,让我对他平添几分敬意。

计六奇生于 1622 年,年过弱冠,明清替换,山河易帜,风云变色,风啸马嘶,血海尸山。阶级斗争,民族斗争,像走马灯似的,在他面前上演。这叫作:生不逢时,遇上了乱世!他是教书先生,精通教学业务,聘他做塾师的人不少,柴米总算不愁,但他不甘心就此混日子,他要张扬民族意识。他认为,有一代之兴,则必有一代之亡,"独怪世之载笔者,每详于言治,而略于言乱;喜乎言兴,而讳乎言亡"。所以他偏要把明末清初"治乱兴亡"的史实,原原本本记录下来,为历史竖明镜,给后人留鉴戒。

计六奇很勤奋。看得出来,太史公司马迁已经成了他心中的偶像,说他是以司马迁精神在运作,并不为过。他亲赴遗址古迹,遍访田夫野老,还原各种战斗场面,追想人物生死行止。据张崟先生统计,计六奇"在江阴曾登君山携笔临摹故邑令郝敬的诗刻,在苏州访五人墓,在扬州谒史可法祠,在镇江问辽人唐奉山以松、杏之战,在六合访马友仁问乃兄马纯仁抗拒薙发投河自杀事,在桐城枞阳镇向陈石舫问张献忠克桐事,在淮上与一父老谈农民军事,在通州向同舟人闵表问辽事等等"。江南江北,印满了他的履痕。

这才有可能,让他写下明清交替之际,上到宫廷沦陷、下到庶民涂炭,既含农民起义、又含种族倾轧,洋洋洒洒、闹闹哄哄的巨幅世象图——《明季北略》和《明季南略》。

"甚矣,书之不易成也!"——计六奇完工后,掷笔感叹道。为写这两本书,他"晨夕勿辍,寒暑无间。宾朋出入弗知,家乡米盐弗问"。他认为,从前的著书者,一般都有"三资四助"。"三资",指"才""学""识"。"四助","一曰势,倚藉圣贤。二曰力,所须随致。三曰友,参订折衷。四曰时,神旺心闲"。可他自己"七者无一,而欲握管缀辞,不几为识者所笑乎?"但没有人笑他,因为,计六奇用行动证明了:勤能补拙!

在这种年头,干这份活儿,更需要胆量,胆小鬼还是去一边洗洗睡吧!当时清朝,兴"文字狱",人心惶惶。康熙二年,"庄廷鑨明史案"决谳,牵连致死七十余人,不就是因为该书记录了崇祯年间和南明小朝廷的史实吗?不就是书中尊南明弘光、隆武、永历为正朔吗?而《明季北略》,尊崇明朝的句子,不时可见。写到崇祯皇帝自缢之后,句子是这样组装的——

"是午,共见白光起东北,闪烁久之,盖帝之灵气上达于天也。"

这极有可能被说成是"美化前朝先帝"啊。而《明季南略》写到南明小朝廷时,像"弘光登极诏""闽中立唐王""粤中立永历"一类的章节,多的是,也极有可能被指斥为"尊弘光、隆武、永历为正朔"啊。可计六奇胆大,不害怕,坐直腰板,秉笔直书。

还好，计六奇没遇到告密者。只要有一个坏蛋混杂其间，笑嘻嘻地提供你所需要的轶闻素材，一转身，悄悄去有司密报，计先生就可能身首异处啦。在他生前，两书未能付梓，而且后来《明季南略》被列入《外省移咨应燬书目》，但不知为什么没被毁掉；由于抄本没写作者姓名，计六奇也没遇上麻烦。此公运气，真的不错。

人需要胆量，也需要运气，两者结合，事情就能完满。称得上中国史学基本典籍的《明季南北略》，终于流传至今，施惠于广大读者和史学研究者了。

今天，当我浏览《明季南北略》，读着从明万历二十三年到清康熙四年之间，林林总总的史实，眼界顿时大开！"倪元璐论参荐""袁崇焕陛见""王承恩哭梦""李自成死罗公山""陈子龙寒心""史可法请恢复""金声江天一骂洪承畴""祁彪佳赴池水""郑芝龙拜表即行""张献忠陷蜀""瞿式耜殉节""孙可望犯阙败逃本末"，等等，将朝廷、草野、忠臣、奸贼、军事、政治、殉节、叛逆、进攻、败退、屠杀、安抚，形形色色，展示无遗。即便是"声色"这一节，也是触目惊心：弘光政权风雨飘摇，阮大铖等人依然责令巡抚、内官去嘉兴挑选美女，供小朝廷淫乐。嘉兴百姓闻知消息之后——

"合城大惧，昼夜嫁娶，贫富、良贱、妍丑、老少俱错，合城若狂，行路挤塞。苏州闻之亦然，错配不可胜纪，民间编为笑歌。"

如此小朝廷，焉能不垮台？

黄澍的笏

《明季南略》，有一处，提到徽州人黄澍的笏。

笏是什么？是大臣上朝时握着的手板，原料或为玉，或为竹片，或为象牙，既可记录上奏的事，以免临场遗忘；又可记录皇帝的旨意，以便将上情准确地下达。笏，标明官位，显示身价。据说，古代某大官在庆寿时，任高官的子婿们皆来祝寿，他们的笏堆满了床头，叫作"满床笏"，表明满门福禄，官运亨通。

黄澍能手握笏板入朝，当然是有身份的。他以进士，被授河南开封推官，"以固守功擢御史，巡按湖广，监左良玉军"。1644年崇祯上吊后，南明弘光帝登位。黄澍在御座前，一边痛批马士英权奸误国，历数其罪，一边唰唰流下眼泪，把弘光帝感动得不行，认为黄澍"言之有理"。这时，博人眼球的一幕发生了——

马士英不能辩一语，跪在了黄澍面前。黄澍拿起笏板，击打马士英的背部，喝道："愿与奸臣同死！"

黄澍的笏，此时成了正义的化身，成了鞭笞卖国贼的武器！一个臣子，居然能够当着圣上的面，击打另一个臣子，不说胆量破了格，单说愤激之情，也是"满则溢"了的。

笏板打人的响声刚落,黄澍概括的"马士英十大罪",也公布出来,说明这一板该打!在公布之前,黄澍自我表白道:"臣今日言亦死,不言亦死。言则马士英必杀臣,不言而苟且偷生,臣不死于贼,必死于兵。均之死也,臣敢冒死言之。"如此腔调,大有赴汤蹈火、凛凛称义烈的气概。接下来陈列马士英十宗可斩之罪——不忠、骄蹇、误封疆、通贼、欺君……随后,黄澍又有再抗疏、三抗疏、中兴八策、辩疏等问世,一副身系九庙安危的忠臣模样,一腔"置七尺于度外""生死进退,处之裕如"的豪迈言辞!

倘若把黄澍"笏击马士英"编成京剧,其舞台效果,我看不会比《击鼓骂曹》差的。

但是且慢!历史在前行,且行且看。在风雨飘摇中,南明小朝廷终于没能撑住,像小船一样,沉没了。明末的旧臣,命途多舛,被杀的不说,单是全家自缢的,就多了去了。有的削发为僧,寺庙避难,有的躲进深山,著书立说,留下抗清的种子。这个时候,黄澍的笏板再挺括,也没用了,当然是扔掉最保险。他在干啥?自杀名单里没他,僧人队伍里没他,深山老林里没他。忽然,在其家乡徽州,冒出了他的身影!《明季南略》记载——

"乙酉清兵下徽州,已而闽相黄道周遣将拒徽州之高堰桥,自晨至暮,斩获颇多。澍以本郡邑人,习知桥下水深浅不齐,密引清骑三十,由浅渚而渡,突出闽兵之后。兵骤见骇甚,谓清兵腹背夹攻矣,遂溃。徽人无不唾骂澍者。"

原来,他投降清朝了。不是一般的举起双手,而是充当内奸,引领清兵,打败自己人。

古往今来,从来不缺双面人格的人。狄德罗指出:人是一种力量与软弱、光明与盲目、渺小与伟大的复合物,这不是责难人而是为人下定义。这就从人性的本质层面,揭示了双面人格问世的必然性。问题是,告密者、内奸,比如黄澍,对社会的摧残力更大,一是他平日的忠臣面孔煌煌耀人,引来不少粉丝;二是他熟门熟路,当起奸细来,一捣一个准,破坏性最大。黄澍降清后,"官于闽,谋捣郑成功家属,以致边患,遂罢"。清朝是取消了笏板的,否则,按黄澍这样的做派,会被别的官员用笏击打背部,也说不定的。

不知马士英后来是否得悉黄澍"密引清骑"?如是,他可能会将"可斩也"三个字扔还给黄澍!

相比之下,黄澍的同族、明季武状元黄赓,比黄澍有骨气得多,不但率众固守徽州,失败后"走闽。闽复陷,清帅招之,不从,乃削发为僧"。战斗中,他用一支搭箭击中清将左目,再加一鞭,将其打死。你瞧这勇气,还不让黄澍羞愧死!

从笏击"通贼"者马士英,到自己通贼、被世人唾骂,这是两种完全对立的意识形态,前者如何"转型"为后者,《明季南略》缺少介绍,或许是计六奇没有搜集到有关史料。当然,也可能在笏击时,黄澍就已是双面人格,"啪"的一声,将其拨打心中"小算盘"的声音给掩盖了!也可能,黄澍原本确实有点雄赳赳,清兵入关,鲜血淋漓的现实,让他膝盖骨瘫软下来。

插一句:陈寅恪的《柳如是别传》,倒是将黄澍"转型"前的人品,揭示一二的,比如"歙人黄澍年少轻侮","黄氏人品如此卑劣,为当时所鄙弃",等等。可惜,大师也有失手时,陈寅恪误将"黄甫及"认定为黄澍了。已有李圣华先生指出:黄甫及,本名黄申,淮安人,与黄澍并非一人。

袁崇焕的痛

金圣叹说:"杀头,至痛也。"其实,像明末袁崇焕那样,吃冤枉官司,遭磔刑,千刀万剐,慢慢死去,比一刀砍头要痛苦得多。而肢解之后,被人啃皮啖肉,喷口水唾骂,则痛得尤其深。390年过去了,今天仍然有人不理解他的痛,一味抹黑他,对他来说,更是痛中之痛了。

痛,并不是一开始就找上袁崇焕的。想当初,宁远、宁锦两次大捷,让他的形象突然变得轩昂伟岸了。崇祯帝将他召至平台,"慰劳甚至,问边关何日可定?崇焕应曰:'臣请五年,为陛下肃清边陲。'上曰:'五年灭敌,朕不吝封侯之赏。'时四辅臣钱龙锡等侍立,俱奏曰:'崇焕肝胆意气,识见方略,种种可嘉,真奇男子也。'"尽管有朝臣质疑"五年之期"能否有定算,而且袁崇焕也说了:"上期望甚迫,故以五年慰圣心。"依然有识者认为:"主上英明,后且按期责效,崇焕不旋踵矣。"对他满怀期待。(引自《明季北略》卷之四)

袁崇焕的人望,此时达到了一生的顶峰!

但他在顶峰上没有待多久,便时乖命蹇,运气滑坡,与痛越走越近了。他原先那种军事指挥才能，好似受到掣肘，难以擘画详明；那种识别人的眼力，也仿佛玻璃体变性，变得浑浊不清。他犯了两大错误，一是诛杀毛文龙，二是让后金的军队如入无人之境，直接扑向北京。

犯错的根源，与袁崇焕过于自信、判断失误有关；但也不得不承认，他遇到了棋高一着的对手——皇太极，他被反间计葬送了。假如后金的主帅不是比努尔哈赤更聪颖的皇太极，清朝的建立至少不会那样势如破竹，崇祯的皇位不会那样快坍塌，袁崇焕此生是否会与痛结缘，便很难说了。

皇太极第一次搞反间计，是在同时面对袁崇焕和毛文龙这两个厉害人物、使他无法攻入辽西之时。他深知袁崇焕想通过"议和"来收回辽东，而降将李永芳早就献策于他："兵入中国，恐文龙截后，须通书崇焕，使杀文龙，佯许还辽。"他采纳此计，而"崇焕答书密允"。另一种记载是：努尔哈赤病亡，"崇焕差番僧喇嘛镏南木座往吊，谋以岁币议和。女直许之，乃曰：'无以为信，其函毛文龙首来。'"袁崇焕信以为真，加上他早就对毛文龙严重不满，于是借一个机会，把毛文龙骗上山。据《明史纪事本末补遗·卷四》记载，袁当场历数文龙十二大罪：从"夜郎自据，专制一方""冒功欺君，无汗马之劳"，一直到"开镇八年，不复寸土，观望养寇"。毛文龙想抗辩，袁崇焕说："我今五年不复辽，愿试尚方剑以偿尔命。"立即命人以尚方剑斩之。

反间计，古今中外，均有演绎。韩世忠使用反间计，制造移营守江的假象，把金兵引入扬州北面的伏击圈，将其打败。拿破仑使用反间计，摆出一种兵力不足、被迫撤兵的腔调，让俄奥联军落入圈套，束手就擒。古时候的反间计，凭一张嘴，一封信，一副神情，一道密奏，说得煞有介事，演得活灵活现，再故意展览一点表象，又没有凭密码打开的 5G 手机可以迅速传递真实信息、及时揭穿造假伎俩，所以屡屡得逞。袁崇焕以为杀文龙、则辽可得，结果中了圈套！

皇太极借袁崇焕之手，干掉了毛文龙。

皇太极第二次搞反间计，是在后金兵抵京，抓住明朝两个太监之时。他命副将高鸿中、参将鲍承先等看守两个太监。接下来的情节，《清太宗全传》是这样写的——

"太宗授意高、鲍两人按计行事。他俩夜里回营，坐近两个太监睡觉的地方，故作耳语，说：'今天撤兵是汗的大计。刚才看见汗单独一人，面向敌营，营中走出两人来见汗，说了很长时间的话才走，大意是，袁巡抚有密约，此事可以马上成功。'有个姓杨的太监假装入睡，把高、鲍两人的耳语全都记在心里。二十九日，高、鲍故意放跑杨太监，他以重大军情进见崇祯，向他报告袁崇焕通敌的绝密情报。崇祯对此不再有任何怀疑。"

请看，高、鲍二人的做派，像不像折子戏《蒋干盗书》？《蒋干盗书》有戏剧的虚构成分，高、鲍的伎俩却有《清太宗实录》为证。照理说，"蚍蜉之问，明主不听"，但崇祯算不上明主，平日里刚愎自用，疑心病极重，对袁崇焕早就打问号在胸，现在听到杨太监绘声绘色的密报，于是，把袁崇焕迅速投入大狱，"明年四月，诏磔西市"。

皇太极借崇祯之手，干掉了袁崇焕。

两次反间计，串联起来，被史家称作连环计——"适足以显出太宗的出乎其类拔乎其萃的军事和政治本领"。

袁崇焕面对磔刑，无语，但从容。刽子手曾对无锡的周无瑕说："吾服事诸老爷多矣，未见如袁爷胆之大者。"袁崇焕胆大，在于他问心无愧，在于他视死如归。

有一种观点，认为袁崇焕死后"众人食肉"，与其说确有其事，不如说是执史笔的文人出于对袁崇焕的仇恨而构建出来的。其实，历史上严肃的学者，都以忠于史实为己任，决不以一己的好恶，来凭空构建历史。如计六奇的《明季北略》，写袁崇焕受磔刑后，"时百姓怨恨，争嗷其肉，皮骨已尽，心肺之间叫声不绝，半日而止"。"江阴中书夏复苏尝与予云：'昔在都中，见磔崇焕时，百姓将银一钱，买肉一块，如手指大，嗷之。食时必骂一声，须臾，崇焕肉悉卖尽。'"夏复苏，有名有姓的人，而且亲眼看见袁崇焕被磔，属于第一手资料，焉能造假？记载"付银食肉"一事，很客观地突出了明朝人对袁崇焕的误解，凸显了袁崇焕的痛。

袁崇焕之冤，不是明朝人识破的，明末虽有人起疑，心怀不平，但对反间计，无从知晓；而袁崇焕擅杀毛文龙、主张议和、让后金兵直闯北京，从表面看，确实像他与后金勾结好似的，像极了。因此他一直蒙冤，直到清朝修成《清太宗实录》，为彰显爱新觉罗皇太极的不世之功，才公布事实真相。乾隆为了清朝利益，表彰袁崇焕，还寻找他的后人。袁崇焕若泉下有知，会不会觉得受侮辱而愈加痛楚？

袁崇焕，一位前期抵抗后金而功勋卓著的民族英雄，一位后期上当犯错而粉身碎骨的悲剧人物。

我们当代人，要理解袁崇焕的痛，痛定思痛，不在他的痛点上撒盐。

袁崇焕的痛，折射出封建时代的浑浊。哲言说："疼痛，是一种破茧而出的领悟。"390年过去了，世人总该从他的疼痛中，有所领悟。说"破茧而出"，是指大彻大悟不易得来，需要使力，像蚕蛹，钻破茧儿，方能实现生命的晋级。

王念孙的笔

当努尔哈赤的子孙坐稳了江山，清朝进入乾嘉时期，恢复明朝已无可能，瞿式耜、李定国们也无法再世，于是，士大夫及普通读书人，激烈的心平静下来，寻求各自的活法了。有一些人，干脆钻入故纸堆，寻一方没有杀头风险的地块，做出可观成绩。高邮人王念孙便是如此，他用笔，书写人生——在远离政治的训诂领域，笃悠悠，做出惊世学问。

"人过留名，雁过留声。"知识分子都好这一口。做官，可以喧腾一时；著作，却能流芳百世。王念孙幼承庭训，早年发蒙，长期在学术氛围浓厚的环境受熏陶，师友中不乏名家大儒，如戴震、翁方纲、汪中、段玉裁等，因而对文字学、训诂学，素有探研之志。无奈官场公务缠身，职位频繁调动，空余时间很少。但王念孙忙里偷闲，给每日的研究进程定下硬指标。

王念孙的笔，是甘于寂寞的笔，勤于拓荒的笔。扬州学派的人，都不怕枯燥，坐得住冷板凳，一个字的考订，可以搬一大堆典籍出来，追本溯源，弄半天。王念孙痴迷此道，精于此道。比如《广雅》，三国张揖撰，是训诂书，到了隋代，很不幸，与隋炀帝杨广的"广"字撞车了,只好识相,改为《博雅》,杨广进棺材多少年后,又改回到原名。时代久远,书里错字、脱字、衍文颇多,给后人带来迷失。王念孙精详地考证汉魏之前的古训,以形、音、义相互推求,撰写出《广雅疏证》。王念孙的工作量,据查网上资料——"凡改正字之讹者578,脱者491,衍者39,先后错乱者123,正文误入音内者19,音内字误入正文者57"。

对王念孙的劳作,网上颇多好评。我最欣赏这句——"让中国远古文化在历史的河床上永远清澈流畅。"可以说,王念孙的笔,干的是清理"河床"、疏通"河道"的营生。古今贯通了,老祖宗的文化精髓,才能直线传输,不走样。

但王念孙的笔,并非书呆子的笔。紧急情况一来,这支笔,变刀枪,送奸佞进坟场。

1799年,乾隆去世。受乾隆恩宠的"大老虎"和珅,还没有人敢动他。嘉庆帝意欲一举擒获他。此时,早就对和珅不满的王念孙,一反平日的书生腔,突然站到反贪战斗的第一线,以政治家魄力,大笔书写奏章——《敬陈剿贼事宜》,历数和珅贪赃枉法的罪行,配合嘉庆帝剪除了这一"大老虎"。可以说,在扳倒和珅的战役中,扬州学派的这位巨擘,功劳大大的。

上奏《敬陈剿贼事宜》的前一天晚上,发生过一段小插曲。当代学者、扬州人王章涛先生,对此描述道——

"明晨就要奏报,王念孙将反复看了几遍的奏稿放在书案上,静静地品赏着。王引之总觉得还欠点什么,一时找不到准头,又拿起来就着灯光细看,发现该奏章弹劾和珅,直指要害,无懈可击,但是在上顾先皇颜面,下为新帝师出有名、发难有理,似有不到之处,就建议父亲在罗列和珅罪状的后面,加上'臣闻帝尧之世亦有共驩，及至虞舜在位，咸就诛殛'数语。王念孙拍案叫绝，连忙补上这段话。"

所补的字，替嘉庆帝解了围，也为乾隆帝作了辩护，说明即使在唐尧时期，也免不了有共工、驩兜等肆虐，虞舜一上台，便将这些奸宄剪灭。既寻得历史依据，又彰显现实合理。

真是绝妙的一笔！除了说明王念孙的儿子王引之很聪明，还表明：王念孙这支笔——既保持锋利，又力求圆润！

王念孙为人清廉，不沾不贪。他做了一段时间水利官员，后因天灾，河水漫延，造成损失，他被处罚退休。《清史稿》说他——

"既罢官，日以著述自娱，著读书杂志，分逸周书、战国策、管子、荀子、晏子春秋、墨子、淮南子、史记、汉书、汉隶拾遗，都八十二卷，于古义之晦，于抄之误写，校之妄改，皆一一正之，一字之证，博及万卷，其精于校雠如此。"

此外，他还用笔作示范，指导王引之校订了《康熙字典》。

老朱我，对《康熙字典》觉得格外亲切。只因为，现在常有人找我起名字，偏偏"姓名学"有规定，字的笔画必须依循《康熙字典》所载繁体字笔画，也叫"康熙笔画"。"康熙笔画"有科学性，尽管平日书写姓名是用简体字，但对人的健康和命运起影响的，却是"康熙笔画"的数理。你瞧，厚厚一大本《康熙字典》，成了我案头不可或缺的好帮手。

谢谢啦，高邮王氏父子！

遗 老

1959年，我十二岁，有一天去医院看病，在针灸科里，见一位七十来岁的老者，拿着一本他年轻时的照相册，厚厚的，一页一页翻给医生护士看。这里，有他与孙中山的合影；有他民国时期出使东南亚国家的留影，背后是热带雨林风光；还有他出席一些外交场面的留影。他追述时，得意洋洋；大家倾听时，趣味津津。

这一幕，给我印象极深。年齿渐长，我终于悟出：这是一位民国时期的遗老！

这两天，我在网上搜索，突然眼睛一亮，发现作家张贤亮的祖父与这位老者，面容相似，年龄相仿，名字相同——都叫"张铭"！特别是，张贤亮祖父参加过孙中山的同盟会；在北洋军阀政府时期，当过大总统秘书；民国时期又以大使衔出任过驻爪哇、印度等地领事馆的总领事。保不齐，两位就是同一个人？

张贤亮已去世，我无法向他核实了，但"遗老"一词所勾勒的形象，在我眼里，是越发清晰了。

遗老，概指先朝留下的老人、旧臣，起码是上了岁数、历练老成的。当年司马迁写《史记》，注重采风问俗，以求史料翔实，葆其真,屏其伪。他曾感叹:"吾适丰沛,问其遗老,观故萧、曹、樊哙、滕公之家,及其素,异哉所闻!方其鼓刀屠狗卖缯之时,岂自知附骥之尾,垂名汉廷,德流子孙哉?"是啊,真得感谢丰、沛等地的遗老们,是他们凭着超强的记忆力,实话实说的品质,提供了闻所未闻、有价值的素材,让太史公能以如椽之笔,把刘邦身边这些功臣的发迹史,真实地,形象地,记录下来。

《史记》的流芳百世,离不开这些遗老的贡献。

遗老的身段,是多姿态的。比如王船山,在明朝倾覆后,自称"遗臣",抗击清军;失败后,以林泉为伴,隐居著书,一生未曾剃发。其学说,被章太炎誉为"民族光复之源"。如此遗老,给历史留下的,是正面形象。

但也有的,沿袭旧规,不肯改张,观念陈旧,行动落伍。晚清遗老,便有不少是这样的。北洋大臣陈夔龙,在清朝被推翻后,依然忠诚于皇室,每逢过新年,都要捧出皇帝的画轴,挂起来,叩拜。1924年,当冯玉祥进京,驱逐溥仪出宫,陈夔龙感觉天要塌了,当时他"卧病沧江,闻之尤为愤懑",于是,联合诸遗老,"公电京榆两处",要求"速复优待皇室原状,免致根本动摇,人心疑惧。全国幸甚"(引自《梦蕉亭杂记》)。如此忠贞不二,着实让人吃惊,难怪慈禧生前对陈夔龙早就十分看好。

所以,要从时代走向,人心所望,来对遗老作评估。

我曾设想,搜集陈夔龙等五十位遗老的轶事,写一本《晚清遗老》的书,每人三千字,用随笔形式,带点幽默,突出其性格。一位出版社编辑很有兴趣,连连问我何时完成。我转而一想,唉,这需要大量史料,需要对他们的后代进行细致的采访,面广,材料繁杂,以我的年纪,精力,恐难胜任,只能留待有心之人去完成了。

艾思奇的"俗"

韩愈写诗,深险怪僻;白居易写诗,妇孺皆懂。就"大众化"而言,白居易用心良苦,口碑甚佳。白氏把大众放在了心上。

哲学更如此。能让深奥的哲学走下殿堂,变得通俗化,老少受启蒙,普遍能理解,这样的哲学家,心里也一定是大众至上。

没想到,去云南腾冲旅游几日,观赏了湿地风光、品尝了玫瑰鲜花饼之外,还领略了一番"大众哲学"的韵味!

"大众哲学"与艾思奇有关。腾冲诞生了艾思奇。他的故居,是腾冲的亮眼景致。

人的一生,其实很短,能留下几个脚印,让人津津乐道,就很了不起。艾思奇早年,埋头哲学,并以《大众哲学》一书风行天下。他被誉为"大众哲人"。他好像是专为哲学的普及,到世上走一遭的。

一个显赫、有文化、有抱负的家族,是培育艾思奇的摇篮。辛锋所著艾思奇的传记一书,将艾思奇的"出身名门,沐辉成长",讲得清清楚楚。艾思奇的宗伯李根源是辛亥云南起义的组织者之一,1917年任陕西省省长。父亲李曰垓"堪称云南辛亥革命和护国起义的元老",也是云南历史上在边疆办学、开展文化教育的第一人,被章太炎誉为"滇南一支笔"。李曰垓亲自对子女讲授中国历史和先秦诸子哲学,认为"哲学是一切学术的概括,欲穷事物之至理,宜读一些哲学"。并且殷殷嘱咐道:"无论作诗写文章,应像白居易,务使人人能读,妇孺皆懂。"

这些话,印在艾思奇的脑海里了。儿子对父亲的最大孝顺,就是把父亲的训诫,付诸行动。

"艾思奇故居"里,挂着这样一段文字说明——"1930年春,艾思奇在五叔李曰基的资助下,继续赴日求学,考入福冈高等工业学校。他阅读并通过日文、德文、英文对照钻研《共产党宣言》《反杜林论》《费尔巴哈论》等著作,开始运用科学的世界观重新考虑自己的人生道路,认为在帝国主义的侵略和封建势力的桎梏下,单靠工业不能救国,他要用一生来从事马克思主义哲学的研究与宣传。"

请注意最后五个字:"研究与宣传"。

研究——须深入,宣传——须浅出,这是艾思奇所走的两步。唯有深入,才能浅出。深入是浅出的根底,浅出是深入的目标。深入钻研马克思主义哲学著作,掌握正确的认识论和方法论;消化后,以自己浅近的语言、形象化的比喻,表达出来,向大众作普及,唤起他们推翻旧世界、创造新世界的热情。

这是他推行"大众化"的原动力!这种原动力,激扬、高昂、充满正能量,一千多年前的白居易先生,怎比?

艾思奇携带如此抱负,来到了上海,时间是二十世纪三十年代。此时,他早已是一名战士,意气风发,接受革命理想,相信马克思主义,在同反动派作斗争。他懂"阳春白雪",写起正规、系统的哲学论文来,一点不输给高情逸态的教授学者;但更加注重"下里巴人",《读书生活》杂志为他提供了机会——连载他的《哲学讲话》系列,他抓住机遇,为普及哲学大展身手。

这一篇篇哲学讲话,文字从俗就简,内容平易近人,店员、小贩、厨师、三轮车工人,都能读懂。为了说理的形象化,有时也想办法用一点文学笔法:巧譬善喻,类比烘托,想象夸张,抒情渲染,等等——这在那些面孔板结的大部头哲学著作里,是找不到的。

例如,哲学是什么?哪些思想属于哲学一类,哪些不是?初学者像在云里雾里,辨别不清。面对这一抽象的命题,艾思奇用了个浅显的比喻:在果树林里,怎样才能找到桃树?这就需要知道——什么样的树是桃树,什么样的树不是桃树,这样他才容易找到桃树。哲学这棵桃树在哪里呢?就在人的各种感想中。有的人感到人生无聊,世界不值得留恋——此乃"悲观主义"的哲学思想。有的人以为生活困难是命中注定、无法改变的——此乃"宿命论"的哲学思想。有的人认为研究出生活困难的原因,便可寻找出克服困难的办法——此乃"唯物主义"的哲学思想。有的人以为少数人是生来就优越的,反对人民群众的自由生存权利——此乃专制主义者与法西斯主义者所宣传的哲学思想。有的人视人生为游戏,以追逐乐趣为能事——此乃"享乐主义"的哲学思想。"哲学是世界观,同时又是思想方法。研究哲学就是要掌握正确的世界观和正确的思想方法。""研究哲学必须时时刻刻抱着解决实际问题和指导行动的目的。"

又比如,为了说清"质和量互相转变的规律",艾思奇举杭州雷峰塔倒塌为例。雷峰塔倒下来,遭受风雨剥蚀是因素,但主要原因，是因为那些迷信的人们以为古塔有神灵，其中的砖头可以保佑自己，消灾灭祸，于是偷拆砖头，你一块，我一块，搬回家里；时间一长，造成塔的支持力减弱，最后坍塌。雷峰塔的倒掉，经过了两种变化过程——量变、质变。"第一是在未倒以前的变化，这一时期人们把砖一块一块地偷走，塔上砖的数目渐渐减少，塔身的支持力也渐渐薄弱了，但表面上却看不出什么变化，塔始终是塔，始终是一座矗立高耸的迷信建筑物，我们说这时期的变化是数量的变化，是渐变，是外表上不显著的变化；第二是在倒塌时候的变化，这时砖的减少已达到最高限度，塔已不能支持原来的形状，于是哗啦一声，倒塌下去。这时的变化就很明显，矗立高耸的迷信建筑物一下子变成了一个废墟，我们说这一时期的变化是性质的变化，是突变，是一望而知的显著的变化。"

另外，用照相做比喻——讲解"反映论"；从卓别林和希特勒的区别——谈"感性认识与理性认识的矛盾"；从岳飞是怎样死的，谈"对立统一的规律"；从孙悟空的七十二变，谈"现象和本质"；从猫是为吃老鼠而生的，谈"目的性、可能性与现实性"，等等。

对哲学，如此讲解，当时的社会，不乏质疑声，但艾思奇很坦然，娓娓解释道：

——"我只希望这本书在都市街头，在店铺内，在乡村里，给那失学者们解一解知识的饥荒，却不敢妄想一定要到尊贵的大学生们的手里，因为它不是装潢美丽的西点，只是一块干烧的大饼。"

——"形式粗俗，没有修饰剪裁，更不加香料和蜜糖，'埋头'在学院式的读物里的阔少们，自然是要觉得不够味的。"

——"写通俗文章比专门学术文章更难。""写作技术是第一要义，同时理论也切不可以有丝毫的歪曲，这就是一个困难。这困

更精彩

难在哲学这一门最一般的学问上更是显著,而把这一个困难的重担担负到了我的肩上,就尤其是更大的困难。"

——"我要把专门研究者的心情放弃了,回复到初学时候的见地来写作。说话不怕幼稚,只求明白具体。"

——"我所选择的接近读者的第一条路径就是:故意写得幼稚。"

革命者心心相通,他们给艾思奇以有力支持。李公朴说了:"把正确的理论通俗化,只要理论不歪曲、不错误,是绝没有庸俗的危险的。"

因此,艾思奇的"俗"——绝不是低俗、庸俗,而是通俗!

"干烧的大饼",勾起了广大读者的"食欲",好评之声似雷响,从四面隆隆而起。1935年底,这些哲学讲话结集出版,不到五个月,就再版了四次。第四版后,改名为《大众哲学》。《大众哲学》的名称,让人对书的宣传意向一目了然,也更符合艾思奇的初衷了。

哲学的大众化,使社会发展的一般规律让天下人明白了,让阶级斗争、民族斗争的必要性让天下人知晓了,让天底下的是是非非有了一个认识和判断的基本尺度,原来这个世界除了吃饭睡觉,还有那么多学问可以探讨,还有那么多正义需要伸张,还有那么多斗争值得参加!仿佛天边有了光亮,魑魅魍魉都藏不住了,显出原形来了。国民党反动派理所当然地恐慌起来,而广大民众、关心国家前途的青年人却受到启蒙和鼓舞。此书一版再版,读者来信之多,求教的问题之广,可谓空前。艾思奇仔细阅读来信,并认真回复,解答疑问,切磋观点,探讨理论,揭露不怀好意的挑衅,回击蓄谋已久的攻讦。

在此基础上，他把回答读者提问的文章结集出版，书名为《哲学与生活》，其中有《相对和绝对》《世界观的确立》《关于"形式逻辑与辩证逻辑"》《关于内因论与外因论》《真理的问题》《〈哲学讲话〉批评的反批评》等不少篇目。《哲学与生活》被誉为《大众哲学》的"进阶版"——将许多哲学问题深化了，因而被毛泽东同志评价为艾思奇著作中"更深刻的书"。

马克思主义哲学家、党的理论战线上的忠诚战士艾思奇，为故乡腾冲这块土地增光添彩了。

走出"艾思奇故居"前，我又望望墙上的一块牌子，那里写着——

"蒋介石曾经说过：'一本《大众哲学》，冲垮了三民主义的思想防线。'蒋介石的高级顾问、台湾'国防部'政工干校系主任马璧教授题诗云：'一卷书雄百万兵，攻心为上胜攻城。蒋军一败如山倒，哲学犹输仰令名。'又题注：'1949年秋后，蒋介石检讨战败原因，自认非败于中共之军队，乃败于艾思奇《大众哲学》之思想攻势。'"

蒋介石的检讨，是否出自其真实的内心，不得而知，但哲学大众化的威力，确确实实，让人感觉到了！

穿 越

一

窗外白皑皑,是上海近年难得见到的雪景。穿越时光隧道,2013年以它的第一道晨曦,闪亮登场。我打开电脑,读着安立志发过来的新作——《穿越水浒社会》。

新年,新礼物。谢谢安兄。

二

从《宣和遗事》的"来时三十六,去后十八双。若还少一个,定是不还乡",到《水浒全传》最后一回的"妆塑神像三十六员于正殿,两廊仍塑七十二将","梁山泊"的故事历来被人求索、探秘、品味、想象。

李卓吾的发凡,金圣叹的批注,王望如的总论,燕南尚生的释义,叶德辉的题记,陈独秀的新叙,胡适的考证,江荫香的编订,邓狂言的索隐,郑振铎的评骘,或独具只眼,洞幽烛微;或爬罗剔抉，引物连类；或缘木求鱼，穿凿附会。到了"文革"，《水浒》连同"理学"，成了宣扬"投降主义"的反面教材。近二十年来，牧惠的《歪批水浒》系列、黄波的《说破英雄惊杀人》系列，一路吆喝，传扬了杂文家研究《水浒》的新视角、新文风。

对《水浒》的解读，至今远未穷尽，于是就有了安立志的《穿越水浒社会》——让读者依随他，在水泊梁山的波谲云诡中，优游涵泳，"穿越"到今天。

将"穿越"纳入题目，富有特色。

三

安立志的"穿越"，正如他自己所说，是"从小说本身的分析中得出结论"。他是在小说的天空下翱翔，并没有跑到月亮上去。

这就同燕南尚生划清界限了。燕南尚生在《新评水浒传命名释义》中，说施耐庵"抱一肚子不平之气。想着发明公理。主张宪政"。这是把《水浒》拔高到云层里去了，梁山好汉们喝酒吃肉，酒杯中折射不出半点"宪政"的光影。至于将"水浒"诠释为"谁许"，将"史进"诠释为"史记"与"进化"，将"鲁达"诠释为"鲁国的达人。不是孔夫子是谁呢"，等等，更是属于"无厘头"。倘若孔夫子闻知花和尚鲁智深做他的化身，保不定又要讲什么"予欲无言"了。

这也同如今某些文学批评家划清界限了。这些批评家，"不再安于批评家的角色，而一个个争当起思想家来。'深刻'二字犹如头上悬剑，催迫着他们一路向前去追寻硕大的话题。说是评论小说，而实际上是扯不上几句，就早撇开作品撒开欢儿往前奔突了"

（引自曹文轩语）。

<h2 style="text-align:center">四</h2>

　　重视对小说文本的分析，当然还包括"把古典名著的人物和事件作为论述材料，针对现实问题发表感想，借助名著家喻户晓的特点，阐述当今尽人皆知的世态，隐而不露，绵里藏针，读者往往因暗合而会心，由心领而神会"。

　　一句话：对"水浒社会"投注当代的眼光，从当代寻觅"水浒社会"的影子。

　　安立志把《水浒传》定性为"一部腐败全书"——当时的大环境，将政治腐败、吏治腐败、司法腐败、狱政腐败、社会腐败集于一体。

　　他下了统计学的功夫，从梁山108条汉子的职业构成，断定他们不是农民起义，与陈胜、吴广起义不能相提并论。

　　他从"体制"着眼，点明了"改革官制"的困难。理由很简单："触动官员是变法的最大阻力。"

　　他掀翻许多定评，作出结论说：梁山集团既"不反皇帝"，也从未"只反贪官"；晁盖等人劫持生辰纲，只是两个强盗之间转移所有权；武松醉打蒋门神，只是黑吃黑的打手和帮凶；牛二是专制制度的特产，与梁山好汉有着虽非重合却至少相交的关系……

　　他不少文章的标题，具有"穿越"古今的韵味——《水浒社会的钓鱼执法》《蔡京的"家天下"与"卡扎菲网格"》《高唐州强拆案不值一提》《"暂居水泊"的"投资远见"》《两京物流公司》《武松维权的非理性》《反贪标兵非时迁莫属》《杨志如何竞争上岗？》《西门庆：谁的文化认同？》……

他的"穿越"功夫，十分了得，有时真似信手拈来。比如谈到大贪官、大蛀虫蔡京暮年，被朝廷惩处，降黜流放，"行至潭州死"，突然笔锋一转，"穿越"到今天离"施耐庵陵园"不到一百公里的江苏阜宁县——

"近日一则报道，似乎颠覆了这些常识，江苏阜宁县就十分大度而仁慈地开始饲养蛀虫，该县正式下发文件，61名判刑人员将在刑满后重新进入机关纳入编制。这些人多为担任领导职务的公务员和事业单位领导，且全是因受贿罪被判刑。文件规定，这些人入编后或不上班吃空饷或提前退休，退休后享受公务员和事业单位生活、医疗待遇。尤其荒唐的是，他们的刑期也计入连续工龄。

……有了这样的政策，也就创造了与潭州故事截然不同的新模式，那就是对于贪官，人民不养政府养。假如当时就有这样的好政策，蔡太师怎么可能饿死在潭州道中。在这里，兔死狗烹、同病相怜这些词显然不能用，不妨改一则新闻标题，毕竟是'为了61个贪官弟兄'。"

联想之妙，让人刮目；剖析之精，深获我心。

五

我与安立志，信稿往来二十多年；近年各地开会，多有见面。得知他以前当兵时，不忘读书写作；后来担任省工会管理干部学院副院长，依然勤于笔耕。

在当代杂文界，安立志以好学深思、博览古籍闻名。"雅驯"，是我个人对他杂文风格的评估。他对典籍的熟练引用，对历史的深邃思辨，使他在针砭现实时，有了厚重的依托，多了典雅的色彩。《穿越水浒社会》，与他先前出版的《〈贞观政要〉与领导艺术》《薛蟠的文学观》一样，是穷年累月、陶镕磨炼之作。书中文章，笔势纵放，活泼灵动，流溢出杂文味，比那种动辄上万字、讲究关键词、规定引文数量的学术高论，要耐读得多。此类文字，写几篇，不难；挥洒七八十篇，蔚为大观，对杂文家却是考验。安立志此书，为杂文一类体裁，既能"挖池塘"，又能"掘深井"，再次提供好例。谁说杂文家不能搞学术？从《穿越水浒社会》，处处看得见学问！

往后，在系列写作上，安立志会有更坚忍、更灵妙的"穿越"。他说，要学习前辈的"铁肩担道义"。但此一句，便足矣。

2013 年元旦写于上海

让周瑜开心

周瑜的子孙，对诸葛亮有点气。

有一年秋天，我去江西资溪县，在深山老林，遇到一位姓周的年轻人，是周瑜第二个儿子周胤那一支传下来的子孙。他一脸自豪，向我赞扬了老祖宗周瑜，旋即又愤愤起来："历史把周瑜太贬了，把诸葛亮捧得太高了，好像诸葛亮是正义的，我们是邪义（原话如此）的。对周瑜被诸葛亮气死的说法，我很气。哪有这样的事？都是为了正统，搞出来的！"接着又说："我佩服曹操，他没有背景，却能成为枭雄！"——颇有点把曹操拉过来，搞"统一战线"的意思。

我发觉，深山老林不但出产山核桃，也出产历史话题！

这个世界上，事实在，良心在，假的就真不了，真的也假不了。对周瑜，同情的人不少，然而，发几句高分贝的议论，是省力的；拿出依据辨别真伪，就得靠本事了。

上海的盛巽昌先生，功夫十分了得，写了七百余则短文，质疑和补正《三国演义》。对"诸葛亮三气周瑜"，当然也不放过。

先说"一气"。周瑜久攻南郡不下，而诸葛亮运用兵符，教张飞袭取了荆州，教关羽袭取了襄阳。当周瑜得知诸葛亮是捉住了陈矫，才拿到兵符的，于是气得大叫一声，金疮迸裂。盛巽昌指出，《三国志·陈矫传》未记有陈矫参加南征荆州和守南郡事，陈矫未见被俘。"曹操病死于洛阳"，陈矫"因拥戴曹丕功，迁尚书令。此处作'兵部尚书'，误，盖魏晋时尚未有此官职"。

所以，"诸葛亮一气周瑜"，全是子虚乌有。

再说"二气"。刘备与孙夫人离开东吴，周瑜命手下全力追袭，被诸葛亮安排的关羽、黄忠等人打败。周瑜急急下船，岸上军士大叫："周郎妙计安天下，赔了夫人又折兵！"周瑜自忖没有面目见孙权，大叫一声，金疮迸裂，倒于船上。盛巽昌考证说，诸葛亮隔江斗智，不见于史传，其源出自元杂剧《刘玄德巧合良缘》。"其实，诸葛亮与周瑜仅在赤壁战前有所接触，战后双方再也未有来往，并未产生钩心斗角的行为。"

因此，"诸葛亮二气周瑜"，纯属凭空捏造。

再说"三气"。周瑜领兵来到荆州城下，见赵云占据城楼，又闻知诸葛亮安排的四路军马一齐杀到，便大叫一声，箭疮复裂，坠于马下。诸葛亮派人给周瑜送信，信中说："闻足下欲取西川，亮窃以为不可。益州民强地险，刘璋虽暗弱，足以自守……曹操失利于赤壁，志岂须臾忘报仇哉？今足下兴兵远征，倘操乘虚而至，江南齑粉矣。亮不忍坐视，特此告知，幸垂照鉴。"周瑜览毕，昏而复醒，仰天长叹道："既生瑜，何生亮！"连叫数声而亡。

盛巽昌识破猫腻。他指出："此处乃借用建安十六年（公元211年）刘备致孙权函。当时，孙权想与刘备会同攻伐巴蜀，刘备意向独吞，不答应，于是复信，'益州民富强，土地险阻，刘璋虽弱，足以自守……'（《献帝春秋》）此书被移植为诸葛亮与周瑜，其时周瑜已死去一年，应无关。"

故而，"诸葛亮三气周瑜"，实乃向壁虚构。

我的老朋友赵剑敏教授，也是埋头做学问的人，用多年精力，重新撰写三国历史，出版了十卷本《大三国》，替许多被歪曲的三国人物，说了公道话，自然也澄清了周瑜的死因。《大三国》第六卷里写道——

"其实，周瑜的箭伤并没痊愈，为了实现进军西南的计划，他瞒住了伤势，装得轻健，如正常人一般，从而瞒过了孙权，也瞒过了所有的人。舟船行到巴陵，因多时来的劳累，箭伤突然发作，带出了大病，以致一病不起，撒手而去了，留下了未竟之业，时年仅三十六岁。"

同时，还赞扬了周瑜，说他"性度恢廓，使得绝大多数人对他敬重且佩服"，就连倚老卖老、多次凌侮周瑜的程普，也认识到"周瑜始终不与计较，折节相待，委曲求全，大有蔺相如避让廉颇之风"，"与周公瑾交，若饮醇醪，不觉自醉"。

这样的形象，才符合历史。

周瑜的子孙，对诸葛亮有气，可以理解，但歪曲真相的责任，不在诸葛亮，而在后来的人。要紧的是，把气消掉，学盛巽昌，学赵剑敏，以扎实功夫，还历史以原貌，让九泉下的周瑜开心。

至于抬举曹操，虽然不符合周瑜当年的战略，但作为子孙，有言论自由。

水 火

在加拿大的渥太华停留时间很短,却让我看到了一年出现一次的画面。唉,我的眼福不差,都让我遇上了!

国会大厦前的广场,相当宽阔。这天,我们刚到,就见广场左右两边,各摆着一排栏杆。中间站着几个加拿大警察,警惕的眼光扫视四周。

不一会,有一大群人,举着土耳其国旗,排队走来,聚集在左侧栏杆后面。另一大群人,举着亚美尼亚国旗,排队走来,聚集在右侧栏杆后面。

我却纳闷:接下去会发生什么?突然,震天撼地的喊声,分别从两侧爆发出来。左侧的人挥舞拳头,朝对方喊口号;右侧的人不甘示弱,也向对方喊口号。分明是在对骂!声音有节奏感,此起彼伏,一刻不停,好似训练过。

一旁的外甥女婿,熟谙世界史,他告诉我,一百年前,一战中的奥斯曼土耳其帝国在与俄罗斯交战时,对亚美尼亚人不放心,采取迁徙隔离驱逐政策,使大量的亚美尼亚人死亡。亚美尼亚认为这是种族大屠杀,此结论得到许多国家认同,但土耳其不承认,双方为此结怨了一个世纪。

这时,警察走过来,对我们说:"如果我是游客,就不站在这里了!"

但大家似乎并不想离开。亲戚中那位长得很漂亮的侄媳妇,在两群人中间做了个同样漂亮的"叫停"手势,还让人拍了照。我笑着对她说:"你果真能叫停他们,下一次评诺贝尔和平奖,或许能当候选人了!"

站在广场上,我沉思良久。一转身,看见了身后的"长明火台"——这是一个圆坛,中间突起的部分,是熊熊燃烧的火;火的四周,紧紧围绕着水,水翻动着泡沫,呈三百六十度的态势,涓涓流到坛的边沿。火台周围,雕刻着加拿大各州的徽章,以及各州加入联邦的不同日期。

我担心水会熄灭火,但听说,这火已燃烧了近五十年,水与火也长期和谐共处,相安无事。

我被这水火相容的场景震慑住了,这简直是近五十年的光阴所酿造的一首诗!

水与火能互相宽容,人为何不能?曼德拉不就是这样的吗?他说:"当我走出囚室、迈过通往自由的监狱大门时,我已经清楚,自己若不能把悲痛与怨恨留在身后,那么我其实仍在狱中。""这异常的人类悲剧太过漫长了,这经验孕育出一个令全人类引以为豪的社会。""治愈创伤的时候已经来临。消除分隔我们的鸿沟的时刻已经来临。创建的时机就在眼前。"他用宽容来告别历史仇恨,他以和解来消除民族对立情绪。一句话:他让水与火和睦共处!

眼前的国会山广场上,两侧的旗帜仍在挥舞,双方的对峙仍在继续,高分贝的喊声依旧刺耳。

115

我们只是游客。我们只能离开。

天倒是很蓝，云倒是很白。蓝天丽日，本可以映衬出更多和谐的美景，可惜，这个世界，只有一个曼德拉！

底　线

"山不在高，有仙则名。水不在深，有龙则灵。"照搬一句：地不在大，有史则醇。

美国的约巴林达，大概属于这一类地方。这里离洛杉矶市中心64公里，方圆面积不大，是尼克松的出生地，有他的故居、墓地、图书馆暨博物馆、他生前坐过的直升机。说这块地皮蕴含着美国的一段历史，并不为过。5月初，我和太太在约巴林达住了7天，看望落户在这个城市的我的兄弟、弟媳。

"亲不亲，故乡人。"我以为尼克松家乡的人会处处袒护尼克松，非也！他们批评起这位总统，用词比别人尖刻！我兄弟是画家，各界朋友多，有一次在饭局上，我亲耳听到一位资深的知识分子说："尼克松是美国历史上最无耻的总统！"他描绘了"水门事件"的细节：民主党总部的一个工作人员在下班时，回头发现已熄了灯的办公室有手电筒光在晃动，继而察觉已关了的门被人悄悄打开，最终抓到了几个潜入民主党总部安装窃听器的人。这与尼克松有关，但尼克松始终抵赖，阻挠调查，转移目标，说假话，做假证，最后导致他下台。

我边吃饭，边回味这位老兄叙述的往事。虽属美国两党之争，难免党派视角的局限，但尼克松丢了诚信，破了底线，就被故乡人套上了"无耻"的帽子。

做人要有底线，社会要有底线，这底线，便是诚信。

从约巴林达回到加拿大，我处处看到这条底线的存在。

外甥女买了一盒巧克力，注明是每盒20块，拿回家一看，只有19块。她连忙用手机拍下19块的照片，连同巧克力一起去商店找营业员。营业员说不用看手机，相信她是讲诚信的，立即补了一块巧克力给她。

外甥女婿去加油站加油，忘了取回加油卡，卡上有400多加元现金，谁都能提取。一个多小时后，他赶去取卡，加油站的人并未验查他身份，相信他是讲诚信的，立即把卡还给了他，卡上一分钱未少。

我读加拿大的《都市报》，上面有文章，题目是《名医庸医西医中医加国医生广告有监管》。文中写道——

"以前在加拿大医生是不能做广告的，但是现在可以做了，但在内容上只能说医生的身份，声明可以提供医疗服务，欢迎大家来看病。其主要目的是方便居民找到医生……在专业上面，如果有的家庭医生曾经受过特别专科的训练，广告内容只能说治疗服务的范围，哪一个方面的专科，比如说精神科、皮肤科……但不能强调自己的疗效有多好和医疗水平有多高，更不要让治愈率最高等等言辞出现在广告之上。"

我放下报纸，一阵兴奋。医生能如此守住底线，芸芸众生可以放心活下去了！

路是有坡度的

补　课

　　来到古巴，碧水白沙、椰风海韵，自不必说，单是甜美的蔗糖、浓郁的咖啡、粗壮的雪茄、醇香的朗姆酒，就让人醉而忘返。如果在酒吧听吉他弹奏，还能欣赏到一曲耳熟能详的民歌——《鸽子》。

　　而且听说，他们实行免费教育、免费医疗。

　　当然，也有值得商榷之处，你懂的。

　　我们住在一个海滩宾馆，属三星级，离哈瓦那半个小时车程。糟糕的是，此宾馆的自助餐厅，苍蝇特多，满餐厅飞舞，叮在美食上，尽情享用。最多时，一张桌子十四五只，也不见服务员赶一赶。还有两三只麻雀，也飞进来，凑热闹。倘若哪只雀儿一时兴起，屙一泡鸟屎在奶油蛋糕上，这蛋糕就五味杂陈了。我想到此，就反胃。你说你三星级宾馆设施不如五星级，这讲得过去，但如此优待苍蝇麻雀，岂不代表着一种落后？

　　"上有政策，下有对策"——为避免苍蝇麻雀污染，我们几个亲戚略一构思，便想出了妙法：选带壳的吃，比如香蕉、白煮蛋等；选刚煎好、热腾腾的吃，比如煎鱼、煎肉等；"深挖洞"，掏出压在下层的饭菜吃。

向宾馆总领导提意见,她倒是很虚心,愿意改。第二天,苍蝇果然少得多了,说明事在人为。可第三天起,这小动物又漫天劲舞了。

还有,宾馆大堂的那扇玻璃门,沉沉的,卡在地上,拉不动。为了不让蚊子飞入,外边的宾客进门,"嘿唷、嘿唷",使了吃奶的劲,将门拉开再关上;里面的宾客出门,"嘿唷、嘿唷",使了吃奶的劲,将门拉开再关上。从早到晚,进进出出,不停地上演这幕累人的戏。这也太落后了吧!宾馆工作人员对此熟视无睹。他们不能想想办法、装个滑轮,让宾客省点力吗?我问:"这里是私人承包制吗?"有关人员一脸庄严,答曰:"我们古巴全是国家所有制的!"难怪,大锅饭吃惯了,何必费神费脑去关注分外事?又不增加我一比索工资!

还有,贫穷。我的几位亲戚中,大舅子最喜欢访问居民家庭。但几次联系都受阻。直到离开古巴时,地接社经理才道出真情:"这里每家每户都人口众多,往往有十来个人,居住条件拥挤,无法接待外国人参观。实在找不到可以接待的家庭。"我们去哈瓦那三四天,大舅子穿街走巷,回来后他感叹道:"和上海的小弄堂相比,这里的小弄堂更窄,只有一米左右宽,往往是黑乎乎的,没有路灯,地面也不平。每五六米,会有一个不起眼的小门,里面就是一户人家。墙壁上还加挂了数不清的水管、电线。"这里工业品奇缺,中国制造的两角五分一支的圆珠笔,成了抢手货。大舅子描绘自己赠送他们圆珠笔的情形:"这下可好了,引来了楼上楼下的男女老少,一下子围住我,伸着手等我发笔。三十六支一盒的笔,几十秒内就发完了,还是有多人没拿到,只能笑脸相陪。"

阴暗狭小的民居，无力维修的房屋，满街奔跑的老爷车，不能联网，不能使用信用卡与借记卡，二三十美元的月薪，贫穷线上的人人平等——这样的状况，需要改变。

别无他途，只能补课——补商品经济的课。就像没上过中学的人径直去读大学，由于中学阶段的知识先天缺门，不懂得大学的课程怎么上，只得回过头去，请中学教师补课。

所幸，他们现已准备并开始打开大门了。

格瓦拉效力过的国度，流传过名曲《鸽子》的国度，我企盼你像鸽子一样，振翅腾飞！

思绪翩跹

一

"人类100年内不逃离地球,将全部灭亡。"霍金说。

我听了,有点沮丧。

这么多人整治地球,这么多年整治地球,国家之争,民族之争,主义之争,理念之争,轰轰烈烈,起起伏伏,还未到尽头的样子,就想着要逃离地球了,以往的血汗全白搭了,情何以堪?

幸好,在读《人类简史》时,瞧见几句话——

"20世纪40年代进入核子时代的时候,很多人预测公元2000年会成为核子世界。第一颗人造卫星和阿波罗11号发射,也让全球想象力大作,大家都开始认为到了20世纪结束的时候,人类就可以移民到火星和冥王星。但这些预测全都没有成真。"

我真心敬仰伟大的霍金,但也真心希望他的伟大预测最终"没有成真"。

二

　　早就知道人性里有的东西亘古不变，但读了《人类简史》的描述，还是蒙了——

　　"大约在7万年前，现代智人发展出新的语言技能，让他们能够八卦达数小时之久。""即使到了今天，绝大多数的人际沟通（不论是电子邮件、电话还是报纸专栏）讲的都还是八卦。"

　　八卦7万年不变，是如何精确考证出来的？这样解释八卦，是否有点八卦？

三

　　讲"异化"讲得朦朦胧胧、有醉意的，是弗罗姆。他用"精神病心理"来解释"异化"。

　　讲"异化"讲得实实在在、有骨感的，是赫拉利。他用"计算机语言"来证明"异化"。

　　赫拉利说："文字本来应该是人类意识的仆人，但现在正在反仆为主。"

　　赫拉利又说："人工智能的领域还希望能够完全在计算机二进制的程序语言上创造一种新的智能。像是科幻电影《黑客帝国》或《终结者》，就都预测着总有一天这些二进制语言会抛下人性给它们的枷锁，而人类想要反扑的时候，它们就会试图消灭人类。"

　　人创造的新东西，最终会来消灭人自己。

　　如此想来，人不是越活越心宽，而是越活越纠结了！

四

　　小说药方，小说药方，人生疑难杂症有了新的药方（见《小说药方》一书）。

　　"二十一世纪不适症"——药方是：读《小女孩与香烟》《爱在长生不老时》……

　　"失去信仰"——药方是：读《到叶门钓鲑鱼》《大法师》《一个人的朝圣》……

　　"都市疲劳"——药方是：读《被谋杀的城市》……

　　"肛门滞留型人格"——药方是：读《项狄传》……

　　果真如此简单，世上只要培养小说家就可以了，什么人间的症候都可以解决了。

　　只是，我想起了一位作家的话："小说其实是一个乌托邦。"

　　这样的小说，又能解决什么病症？

五

　　1750年鲍姆加登关于美学一书问世后，美是什么，至今争论不休，没有定论。

　　有说美是客观化了的快感。有说美是一种符号。有说美只在想象中存在，只拥有想象物的价值。有说美是人的本质的对象化的结果。

　　有时我产生念头：要知道美是什么，最好离美学家远一点。

六

倒是股神巴菲特的儿子小巴菲特，不研究美学，却说得明白易懂——

"即便在世上最贫困艰苦的地方，我总是能看见展露笑容的孩童玩耍着，玩着自己发明的小游戏，乐在其中，或者将装满稻秆麦秆的布袋当成足球踢。我在最贫困的村子看见妇女眼中的骄傲和慈爱，虽然生活拮据，她们还是拿出食物或一杯简单的茶欢迎我。"

这就是他眼中的人性的美。他写了一本书，表示对人性美的致敬。

七

小巴菲特一生都在寻找两个字：机会。

他跑遍全球最贫穷的国家，寻求提高粮食产量、让穷人摆脱饥饿的机会；他的基金会掷注大笔资金，寻求帮助落后国家的基层农民的机会；他按下重新设定键，寻求如何提高已开发世界耕作技术的机会。他写的书，书名就叫《40个机会》，展示自己的目标：投入 40 年 × 运用 30 亿美金 = 解决全球饥饿的艰巨任务。

不用说，资本世界的这位骄子，其境界，其抱负，也是了不得的。

八

　　据说，崇祯十二年，皇帝朱由检常常梦见神人写一个"有"字在他手掌中。

　　他向朝臣寻求解释，太监王承恩哭着说道："有"字上半截是大字少一捺，下半截是明字少一日，合而观之，大不成大，明不成明，是神人告诉我皇，大明江山将失过半。朱由检听了，心中不悦。（引自《明季北略》）

　　其实，按照弗洛伊德学说："梦的内容是在于愿望的达成，其动机在于某种愿望。""有"是朱由检的愿望——江山有，皇位有，粮仓有，美人有。"有"字幻化于手掌中，是"这一切都有"的梦中表现。

　　王承恩不懂心理学，瞎掰，徒增皇上烦恼。假如换弗洛伊德来释梦，效果正相反，会提振皇上信心。

　　不过此时，王氏之说，弗氏之说，都难以阻挡李自成进城的步伐了。

九

　　杨乃武九死一生。他出狱后，十分感激老佛爷慈禧，因为是慈禧最后表态放了他。

　　他用钟鼎文体，亲笔手书四幅金文条屏。翻成白话文，大意是：陈叔受王命册封为伯，感思王命，表示子孙永远效忠于王。

　　所以你要杨乃武去批判慈禧的专制残暴，是不可能的。你要他去做反清斗士，也是勉为其难，尽管他的冤案就发生在清朝。

超越个人恩怨、秉公而为，说说容易，做起来繁难。人性的这一道坎，考验着天下人。

十

百万畅销书作家、中国优质新偶像李尚龙的全新力作，叫作——《你要么出众，要么出局》。

书名很励志，让人想大干一番。

然而，既难以出众、又不想出局者，咋办？

选项当然很多，选个平凡职业，像普通人那样，平平稳稳过一生就好——出摊，出诊，出资，出租，出征，出海，出航，出国，出家……

但绝不选出轨！

十一

近日去河南新乡走了一遭。

新乡历史悠久，不少朝代，都在这里演绎刀光剑影，泼洒浓墨重彩，撼风霆，揭日月，烁古今，泣鬼神。

导游讲解说："一部中国史，半部新乡史。"

我的一位朋友听了，纠正说："应该是：一部新乡史，半部中国史。"

导游笑了笑，不肯改口，说什么什么书上就是这样讲的。

我不想对她解释"新乡只是中国的一个地方"；我只想说：自

豪，是应该的，但必须节制，使之有分寸感。

十二

戴尔·卡耐基被誉为"20世纪最伟大的心灵导师"，针对人性弱点，开出诸多处方，启迪了人们的心智。

他开导人们说：我们所担心的事情中，有百分之九十九根本就不会发生。比如他曾担心被闪电击中，担心被活埋，事实证明那全是多虑了。希望大家解除忧虑，让生活变得美好而平静。

我反问道：那购买彩票呢？彩民最担心的是"不中"，而"不中"则是百分之九十九会发生的。

所以不能让卡耐基来指导彩票行业，因为他"文不对题"。

十三

这些年，我每年都要外出。

我坐在马尔代夫一个小岛的海滩前，看着几只蜥蜴在沙地上摆动肢体，灵活地爬行。

我坐潜水艇，潜入印度洋底部，这里有丘陵、山洞、鱼类、植物。两条海鳗躲在洞口，虎视眈眈瞧着我。

我乘邮轮，停在阿拉斯加的冰山前，突然冰山的一个小角崩塌了，冰块掉在海里，溅起沙尘似的雪雾。

我在布拉格广场，见一位乐手弹着风琴，便喊着"桑塔露琪亚"——请他弹奏了这首世界名曲。

泱泱地球，悠悠古今，偏偏在一刹那间，让我亲历其境，与这蜥蜴、海鳗、雪崩、乐手打个照面儿，这不就是缘分吗？

越是走天下，越是觉得自己渺小，渺小得像一只蜉蝣。

"寄蜉蝣于天地，眇沧海之一粟。哀吾生之须臾，羡长江之无穷。"苏轼先生，你说对了！

短笛无腔

一

同治三年，九十多岁的董光乾中了进士。但不是他考中的，而是慈禧看他年纪太大，叫他别考了，恩赏给他的。

有人分析说：一、这不属于"买官卖官"；二、属于赤裸裸的权力干涉，说明科举制度下的选拔并非绝对公正；三、体现了慈禧对读书人的人性关怀；四、董光乾有"活到老、考到老"的百折不挠精神；五、董光乾靠"没有功劳也有苦劳"来博眼球；六、使更多年老的考场失意者骤添了靠年龄来投机的幻想……

这就是事物的多义性。多义性符合世界的本来面目。

二

诗人的话，让我寻思一时；哲学家的话，让我寻味一生。

同样是写人的"颈脖"，斯宾塞描写道——"她的颈脖香如耧斗菜令人心醉"；柏拉图议论道——颈脖之所以长在头颅（理性的住所）与胸脯（情绪的住所）之间，是为了避免把理性与情绪混在一起。

多亏柏拉图当年舍弃诗歌而选择了哲学。他的"颈脖"论，是古往今来，对人的"颈脖"的最深刻、最别致的概括！

三

——比如赵烈文。他被曾国藩看中，重金邀请入幕，并请他"参观驻扎樟树镇的湘军水陆各营"。一般人早就受宠若惊了，但他参观后却说："樟树陆军营制甚懈，军气已老，恐不足恃。"

五天后，传来了湘军某部在樟树溃败的消息。

——比如曾国藩。他受清廷重赏，屡屡被擢拔，多次受到那拉氏召见。一般人早就感激涕零了，但他发现慈禧、慈安"才地平常，见面无一要语"，"皇上冲默，亦无从测之"，"余更碌碌，甚可忧耳"（均引自《曾国藩九九方略全鉴·冰鉴》）。

他默认了赵烈文关于清朝垮台不出五十年之论。

四十多年后，清朝倾覆了。

这是柏拉图"颈脖"论的胜利！正是赵、曾二位挺直的颈脖，让他们"避免把理性与情绪混在一起"，从而目光如炬、料事如神！

四

也不是所有的"料事如神"，都能让人信服的。

这两天的网上，有人在推荐姜子牙的《乾坤万年歌》。姜老先生真是好眼力，三千年前就预测到后来一个个朝代的兴衰，以及各由哪个姓氏的主儿来掌权,仿佛"唐宋元明清"的顺序,都由他拍板决定。甚至还预料到清朝之后,国民政府定都于南京。

接下来,接下来为何不说了?干脆把今后几百年的轨迹透露一下,也好让大伙心明眼亮。

推荐的人诠释说:"后面预言部分,经考究很可能被打乱了……还有待高明之士去整理。"

我并非高明之士,却也识破:这《乾坤万年歌》,是后人假托姜太公之名所伪造。之所以不继续"唱"下去,绝非"被打乱了",而是谁也算不准将来的子丑寅卯,包括伪造者自己!

五

命题!命题!天上有多少星星,人间就有多少命题!

人是第一重要的——伯里克利的命题。人的本性在于思想或理性——笛卡尔的命题。追求个人幸福或快乐是人的本性——洛克的命题。人人生而平等——杰弗逊的命题。凡压毁人的个性的都是专制——密尔的命题……

瞧这些命题,一个比一个深入,越来越把"人"当回事了。于是乎,一个新的命题,自然而然蹦了出来——

"'人'字越写越大,是社会越来越进步的标志!"

六

聆听专家的高论——例如军事学家谈战争,经济学家谈市场,历史学家谈古昔,哲学家谈宇宙——有时会让人有"迷失"感。

作家怎样？作家本身就是干着虚构的行当，雾迷津渡也好，烟锁楼台也罢，都属于文学的境界、题中应有之义，总不会让人有疑惑了吧。

不料这回鲍勃·迪伦获诺贝尔奖，"一批中国作家，在基本上没读过迪伦作品的前提下，就能喷发出那么多意见，说明了我们这个文明时代迷失的深度"（引自《南方周末》所刊李皖的文章）。

这就不仅是迷失，而且形成深度了。

七

赋予"痛苦"一种意义。"痛苦"意义的个人化。回归意义：意义的意义。回归无意义：无意义的意义。无意义的界限。从无意义到内在性……（见《论痛苦》）

当"痛苦"在西方形成一种文化，名词术语堆积如山，被人当作一门学问来传授时，我倒是赞成那位在课堂上拂袖而去的学生所扔下的一句话——

"这些东西辩来辩去有什么用？什么也比不上去给挨饿的人送点吃的来得实在！"

八

"人们有理由活着，就有理由遭受痛苦。"

此乃平平白白的一句表述。但逻辑不能就此止步，而应该继续下去——"有理由遭受痛苦，就有理由揭示痛苦。有理由揭示痛苦，就有理由结束痛苦。"

> 更精彩

倘不如此，遭受痛苦就会永远成为人们活着的理由。

特别是："痛苦要是成为一种有利可图的投资，人们就因此有可能在痛苦上打主意。"——贝尔特朗·维尔热里警告说。

"投资痛苦"，听起来匪夷所思，其实早有人在跃跃欲试了！

九

成了既得利益者，便不肯失去利益了。为了往上爬，便塞钱买官了。欲牟取暴利，便一手毁约了。想损害别人，便散布谣言了……

道德沦丧，让人沮丧。

人遵从道德要求，一要靠法律调节，二要靠良心调节——英国人约翰·密尔的药方，19世纪开出的。"良心感"是"功利标准"的"制裁力"——他说。

法律够不到的地方，良心来帮忙。

十

"良心发现"，"良心发现"，我们只知道给你扣帽子，你却替我们清扫污浊！

明末儒生刘宗周，"燃一炷香，放一盆水，置一蒲团，交跌齐手，屏息正容，于静坐中默想：自己本人，但一朝跌足，便为禽兽。于是开始反思自己近来有无过错，运用条目，一一对照，直到错误显现，邪念去尽，却成人之本来真面目"（引自卢敦基文章：《古代儒生怎样开展自我批评》）。

而"多取""滥受""居间为利""献媚当途""躁进""交易

不公""拾遗不还"……近百种行为过错，一概归入应革除之列。

"一朝跌足，便为禽兽"——多么经典的"良心发现"！

这样的经典多了，世界就开始干净了。

十一

解决产能过剩，却不忍看失业者潮涌。

讨厌满天雾霾，却舍不得污染的红利。

要取熊胆治病，却听不得黑熊的惨叫。

人类从这个泥潭里拔出，又陷入那个泥潭。世界总是坑坑洼洼，让人烦。

唯有艺术是安恬的港湾，可以倚靠着，歇口气。

柏拉图不是说了吗——"艺术模仿影子的影子。"多轻灵！

但其学生——亚里士多德——偏偏不买账，驳斥说："艺术模仿可能发生的事。"

老师是错的，学生是对的。于是艺术中也是坑坑洼洼了。

十二

"牧童归去横牛背，短笛无腔信口吹。"

你比我潇洒呀，牧童小兄弟！我欣赏你的怡然自得，我羡慕你的"信口无腔"！哪天，约个时间，在这青山绿水间，让牛儿在一旁闲适地吃草，咱们合个影，聊聊天，让疲累的人生，显示一点优哉游哉……

懒汉，请走开

一

读现代派作品，不太省力，需要动脑子。懒汉，请走开！

有一种说法：现代派把意象捏在一起，揉成碎片，撒得开开的，让读者开动脑筋，自己来拼接。

阿巴斯的诗——

可惜
我不是落在我眼睑上的
第一片雪花的
好宿主。

你可以温馨地感受到雪花通人意，同你套近乎；你也可以哆嗦地埋怨那雪花落错地方，冻了你一下；你还可以谦恭地认为自己配不上那莹洁的雪花，它应该有更美妙的去处……

二

明乎此，其他就能类推。比如他的另一首——

人口调查员
统计
共有十二万四千个
青年诗人。

你可以怦然心动——为调查员的作风如此精细；你也可以欣然暗喜——为诗的荷尔蒙如此广植于年轻人的血脉；我却恻然哀伤——妈呀！这么多诗人，难不成写诗的真比读诗的人多得多？诗歌还有明天吗？

三

作品的名气是一种助长剂，会让你在接触该作品时，心理上再来一番拔高。

名气与作品，互相推波助澜。

我读《尤利西斯》，读得眼也累，心也累。但它名气太响，庞德、艾略特都在竭力捧它。想来每个标点都很经典，只不过是我不理解而已。至少要读完，才算没白活。

名气就是值钱。累死也荣耀。

四

要成名,努力占一半,时空占一半。

同样是半斤八两,有的能名垂青史,有的却销声匿迹。因为掉在了不同的时间,卡在了不同的空间。

所以你不要埋怨别人的运气比你好,你该反思自己没有遇到对的时间、对的空间。

埋头拉板车,抬头看时空。

五

一位老伯伯,擅长跳恰恰舞的,告诉我——

摩登舞,又名现代舞,其中华尔兹是慢三步,维也纳华尔兹是快三步,狐步舞是慢四步,还有快步舞、探戈舞……

拉丁舞里,有伦巴、恰恰恰、牛仔、桑巴、斗牛舞……

拉丁恰恰,不是用脚来跳舞,而是用胯来跳舞,脚只不过是移动脚步。跳的时候,身体要直,腹要收,肩要沉,头要像头发被拉上去那样……

阻止步,又称抑制步,也叫切克,两脚交叉顶住时要成九十度,重心偏前,站立时则成五十五度到六十度……

我听了以后,头也像被头发拉了一下。

不是在学拉丁恰恰——我的身材并不适合学拉丁恰恰,我的兴趣也不在拉丁恰恰。

而是恰恰舞,恰恰在这个时候向我表明,一项舞蹈艺术已经够你眼花缭乱了,世上学问浩如烟海,你想做全才,行吗?

六

有什么不行?

亚里士多德就是全才。亚里士多德不会跳恰恰,但他的学问囊括了几乎所有门类。

据说他现存的四十七部著作,对政治学、法学、伦理学、物理学、天文学、化学、力学、生理学、心理学、语言学、诗学、逻辑学、植物学、动物学,等等,极其广泛的知识,都作了研究和发挥。单单《动物志》,对所有动物,天上飞的,地上爬的,海里游的,洞里钻的,都有动物学家级别的创见。

一天也是二十四小时,也要吃喝拉撒睡,也会伤风发热头疼。

全才就是全才,没得商量。

七

有专家研究了这位全才的智慧特征,共五个——

通晓一切;知道最困难的东西;最明确地讲述原因;为自身而求取,不为结果而求取;在诸科学中占据主导地位。这样的知识其实就是哲学。

哲学才是自由的学问。哲学就是自由人的学问。

自由人!自由人!

做自由人是有条件的,有了温饱,有了空闲,才有心思,去为自身而求取,不为结果而求取。

有了哲学的导引,方能进入自由王国,方能有旺盛的求知欲,向大自然求知,向人类社会求知。

全才就是全才。高山仰止,景行行止。

八

女人想成为"巅峰女人"的欲望,有时是拦不住的。

巅峰有特权,荣耀。但巅峰也有冰雪,噩梦。你问问杰奎琳:她跟着肯尼迪,是尝到的甜头多,还是吃到的苦头大?

她肯定觉得甜头多,所以才会在肯尼迪遇刺后,再一次攀上巅峰——易嫁希腊船王奥纳西斯——做亿万富翁的女人。

可是巅峰依然不太平——拌嘴,吵架,财产分配,遗产风波。

直到奥纳西斯病逝,杰奎琳去出版社做了普通编辑,生活才安宁了。

我却以为:杰奎琳享受安宁,是出于无奈,因为——再也没有机会了!

九

"百慕大三角"海区,是个"魔鬼区域",飞机、船舶航行到这里,会神秘地失踪。

肯尼迪遇刺案,也是"魔鬼区域",与此相关的证人,竟然一个接一个从人间蒸发。

肯尼迪如果活到2017年，正好一百岁。他46岁遇刺的真相，至今也没揭出来。

这里面有没有利益集团在联合作祟？因为其配合之默契，联络之精密，呼应之神速，出手之迅捷，令人咋舌。

但，证据呢？

我以为神探李昌钰会有办法破案的，神探神探，总归有些神机妙算的；但同时也担心他会因此而被蒸发。结果他也无所建树，至今活得好好的。

据说——射穿肯尼迪头颅的那颗子弹上的DNA，早被警方自己清洗掉了。一笔糊涂账了，肯尼迪算是白死了。

唉，美国，美国，你不像有些人说的那样坏，但也不像有些人说的那样好。

十

医生任晓平，与意大利专家卡纳维罗合作，将一具新鲜尸体的头，与另一具新鲜尸体的脊椎、血管、神经，成功地接驳了。

换头术！违反伦理！舆论的海洋，立马转起漩涡，将其卷入。

任晓平抬出了两个例子——1953年首例肾移植，反对声一片；1967年首例心脏移植，有人告到法院。言下之意：现在呢？

他说："我是科学工作者，不是伦理学家。"（引自《南方周末》）

话说到这里，戛然而止了。我却想替任医生说下去："其实，伦理学也是可以发展的！"

141

十一

不是说，生产力的进步，会引起生产关系的变化吗？

科技是第一生产力。那么，第一生产力的进步，会不会对其他的种种关系，包括伦理关系，作一点完善呢？

等着看人工智能的法力吧，它敲着小锣，一步一步要登台亮相了。

会有一天，机器人来敲"伦理学"的大门，要求：修订某些条文！

十二

"惊呆了！""惊呆所有人！""全国人民都惊呆了！"

读网上新闻，常有这样的标题，逼着你做好"又惊又呆"的心理准备；但读了新闻后，往往是既不惊又不呆。

这让我想起"狼来了，狼来了"的故事。第一次你这样叫，还真有号召力；第二次，也马马虎虎，能吓到一些人；第三次，第四次，可想而知了。

做人，平实一点不好吗？做标题，平实一点不好吗？

我们的神经没有这样脆弱，要我们惊呆，不是那么容易的。

十三

一部《芳华》，有人极度赞扬，说"幸好还有冯裤子，用心讲述那些被碾碎的芳华",“要感谢冯裤子",“冯裤子万岁"。有人尖锐抨击,说"这是基调无耻的电影",“暴露了他低劣的价值观",“完成了对自己的阉割"。

用词是那样两极化,"判决"是如此容不得上诉。

有时,对一个清清楚楚的命题,也会排成两列相互抗衡的队形。给人感觉:这个世界,撕裂越来越多,共识越来越少。

我担心,有一天,面对"人需要吃饭才能活着"之类,也弄出截然对立的两派。

吃饱了饭研究什么

一

明末的"复社",研究"兴复古学,改良政治";清末的"南社",研究"以文事宣传击鼓,反抗满清";杭州的"西泠印社",研究"金石篆刻";北京的"德云社",研究"让相声回归剧场"。

研究!研究!人吃饱了饭,总要有所研究!否则,活在世上,有白吃白喝之嫌。

如今有人在研究:人类灭绝后,"哪种动物能够接管地球"?

二

谁接管?第一结论是"猩猩当然是最有力的候选人",其中"DNA和人类有99%相似的黑猩猩最有可能'崛起'"。

第二结论是,考虑让海豚来接管地球,因为海豚"生活在海洋中,也许较少受到陆地上灾难的影响"。

第三结论是,假若猩猩、海豚都不行,该轮到老鼠来当地球的主人，老鼠繁殖力强，"光家鼠就有数十亿只，即便小行星撞上地球，鼠类很可能也不会灭绝"，"或许鼠类社会将发展出我们难以想象的文明形态"。(引自《南方周末》文章：《人类之后谁能崛起》)

三

研究，有点深远；调子，有点悲怆。

不是老朱我瞧不起谁，说实在，黑猩猩挺稳重，小海豚挺聪慧，小老鼠挺机灵，但要让这些老朋友正儿八经来接管工厂矿山、铁轨公路、摩天大厦，靠得住吗？

叔本华的哲学算得悲观了——"人生必定是荒谬的"，"人生从根本上说是没有价值的"，"人生就像一幅制作粗糙的镶嵌画，远看是不错的，近看则惨不忍睹"——这简直就是他的口头语。但老叔（依照姓张的叫"老张"、姓李的叫"老李"之惯例，我管叔本华叫"老叔"）的著作里，还是不断在研究"道德""文艺""处世之道""我们要尽可能避免痛苦""保持健康以获得幸福"之类，证明他对人世，尚未绝望。

我们咋就比老叔还不如？

四

还好，该文作者在收尾时，说了句："我们还是努力不要让人类灭绝吧。"

这才让我松了口气。

吃饱了饭所研究的，总得给人盼头：人类远未活够，美剧还在后头!

最近获赠《保健养生技术》一书,读了,让我不肯释手。它说:"希望能在不久的将来,在世界上能出现中医、西医、特医这种三医结合的医疗机构,那将是全人类的福报。"

特医研究什么?研究"阴阳互根理论""阴阳物质理论""阴阳复质理论""意念力理论""心物辩证法",等等;研究"不畅通的身体能不能把它想通""心理能不能改变周围的磁场",等等;并认为:"这种方法几乎每一个人都可以学会""你的思维应该放开一些",等等。

仿佛触碰到开关,灯亮了——思维应该放开一些,人类才有奔头!

五

论思维,谷歌的雷·库茨魏尔最放得开——简直让人瞠目结舌——他说,到2045年,人类将正式实现永生。

理由是:人类的非生物智能技术,届时将彻底完善,并将超过目前人类智能总量的10亿倍之多。人类永生,便是靠这些非生物智能技术所带来的强大创造力而实现的。

谷歌的工程总监!高科技的引领者!多项准确预言的提出者!

我2008年去美国,曾到过谷歌的总部。那里有好多好多餐厅,各国风味的饮食都有,随便吃。那里有好多好多椅子,坐靠在椅背上,海阔天空,随便想。

雷·库茨魏尔吃饱了饭,提出了"2045年猜想"。"2045年猜想"比"哥德巴赫猜想"更吊人胃口。不管"猜想"能否实现,库茨魏尔都给大家以好感——他脑子里只装着人类,他良心是好的。

六

忽然觉得,杨安泽是企业界的洛克。

作为纽约的一个企业家,他研究提什么口号能当美国总统。

英国的洛克看重人,说什么"人类一出生即享有生存权利"。杨安泽也看重人,提出"人性至上"的竞选口号:每个18到64岁的美国人,每月发放1000美元的"自由红利"。

这个口号,把"人的生存"放在了第一位。这在当今——自动化剥夺人的工作和养家活口的权利,人心渐渐生出恐慌之时——是有吸引力的。

人性至上。人类至上。人至上。

杨老板能否参加竞选?因为各种因素的牵扯,其实是很难的。但重要的恰恰在于,他把"人至上"的理念,通过"喇叭"传向大地了!

七

忽然觉得,莫菲特与布朗是科普领域的笛卡尔。

笛卡尔推崇理性。莫菲特与布朗也抬爱理性——两人写了一本著作《迷人的理性》,回答了下列几十个疑问:

"响屁不臭,臭屁不响是真的吗?""把关节弄得咔咔响对身体有坏处吗?""'5秒钟规则'靠谱吗?""睁着眼睛打喷嚏会把眼珠打出来吗？""人体会自燃吗？""会上演现实版的生化危机吗？""死宅在家到底可不可行？"……

书中有一句话："直面那些经久不衰的疑问、广为流传的谣言和稀奇古怪的现象。"

用什么来直面？理性！用什么来澄清？理性！

理性是如此的冷静、有风度，理性是如此地讲逻辑、会梳理。

理性也是历史的解剖刀！历史存在哪些经久不衰的疑问、广为流传的谣言和稀奇古怪的现象，哪些历史是真实的，哪些历史是掺假的，理性都能准确搭脉和开处方。所以理性是迷人的，有魅力的。

八

忽然觉得，图拉姆是绿茵场上的蒙田。

蒙田通过怀疑来认识世界，图拉姆通过怀疑来掌控足球。"人应该经常有一点小疑惑。"他说。（引自《南方周末》）

他文质彬彬，爱读哲学书，从哲学中寻找破解疑惑的金钥匙。

他曾担任法国足球队的右边后卫。而巴西队左边锋德尼尔森花哨的假动作，使他颇感疑惑。1998年世界杯决赛，两人狭路相逢，图拉姆以"静"制"动"，用"一动不动"的"站桩式防守"，对付德尼尔森的"眼花缭乱""故弄玄虚"，疑惑破解了，球门固若金汤，法国队以3比0，打败上届冠军巴西队，首夺世界杯冠军。

图拉姆来到中国，讲"疑惑"，讲用智慧破解"疑惑"。在他眼里，"破解疑惑"，足球才会有奔头！

中国足球想翻身，看来也须放开思维——用怀疑来掌控足球，破解一个疑惑，再破解一个疑惑，再破解一个疑惑……

九

马丁·布伯写了一本书——《我和你》。马丁·布伯研究的题目——我和你。

我和你！

我和你的关系，我和你的结构，我和你的相遇，我和你的对话……

我和你是相互的，我和你是平等的，我和你是容纳的，我和你是共有的……

我和你不涉及因果性，我和你并非主体对客体的认识，我和你并非拿破仑式的"我"一心要别人服侍自己的事业……

文明与文明，不就是我和你吗？不就是两个主动主体的会面吗？不就是二元境遇里的伙伴吗？

文明与文明之间，只有色彩的不同，语言的不同；虽存差异，却是互相平等、各具千秋、交相辉映的。

亨廷顿却说，文明之间存在冲突，文明的冲突将主宰全球，文明间的断裂带将成为未来的战线。

亨廷顿好像在同马丁·布伯掐架。亨廷顿是要输的。

十

尤瓦尔·赫拉利善于讲故事。他在《今日简史》里，讲了一个又一个故事。

夕阳更精彩

他告诉大家:"人们已经对旧的故事失去信心","我们总是需要为世界创造出更新的故事"。

比如,当自由主义精英希望人类能及时回到自由主义道路上,以免灾难降临时,赫拉利回应说,经济增长无法解决科技颠覆问题。接下来的几十年间,年青一代就算只是维持现状,都已经算是幸运。

他说,新故事如要得到人们青睐,必须能应对信息技术和生物技术的双重革命。

因为——旧故事不够用了,人工智能具备了虚构新故事的禀赋。

十一

新故事里的细节,随便拎一个出来,就够吓人的——

"到了2100年,富人就可能真的比贫民更有天赋、更具创意、更为聪明。等到贫富之间出现真正的能力差异,要再拉近几乎不再可能。如果富人运用优秀的能力进一步强化自己,而且拥有更多的钱就能买到更强的身体和大脑,那么随着时间的推移,差异只会越来越大。到了2100年,最富有的1%人群可能不仅拥有全世界大部分的财富,更拥有全世界大部分的美丽、创意与健康。"(引自《今日简史》第71页)

这是不是与以往设计的故事不一样了?

面对这样的新故事,你准备好了吗?

十二

个人电脑时代的前 30 年,两颗未来的巨星——乔布斯与比尔·盖茨相遇了。

两人合辙、合伙、合营……

两人对擂、对峙、对决……

有喜悦,有愤怒,有提防,有质疑……

但最后双方都成功了,将个人电脑带入一个崭新时代。

过人的天赋?难得的机遇?企业家精神?产权意识?都可用来解释。我却以为,两人短兵相接的思想交锋,互不服气的思想竞争,别具炉锤的思想创新,才是促使双方取得共赢的主要催化剂。(参阅《史蒂夫·乔布斯传》)

没有宽容的思想市场,何来科技和市场经济的繁荣?

十三

人有完整性——哲学家的命题。

精神分析学家赖希甚至发挥说:人格结构是由表层、中间层和深层构成的。

突然想起写《瓦尔登湖》的梭罗,他被世人一致目为"远离尘世的隐士"!

画家木心说:"梭罗啊,有便请来玩玩,我住的是五英里外才有邻居的小木屋哪。"木心的小屋,与瓦尔登湖畔的小屋,同气相求。

但梭罗具有完整性。瓦尔登湖上粼粼的碧波,瓦尔登湖畔清新的负氧离子,适合于他做献身大自然的单身汉,有助于他"孤独自由"。但他内心的深层,却是烈火炽热,他主张对抗邪恶,主张对不合理的要"不服从"。他同情印第安人。他支持废除奴隶制。他支持废除关税。他在公共场合演讲,热忱地向反对奴隶制的英雄致敬。爱默生说:梭罗是"真理的代言人"。

我甚至联想到,美国南北战争打响一年后,假如梭罗不是因肺结核辞世,而是身强力壮的话,他会不会萌发"投入战斗"的意念?因为他一向以自己出生在马萨诸塞州的康科德小镇而自豪,该小镇乃美国独立战争的始发地之一。

人有完整性。梭罗——"出世其表,入世其里;隐士其外,斗士其中。"

人啊,人!

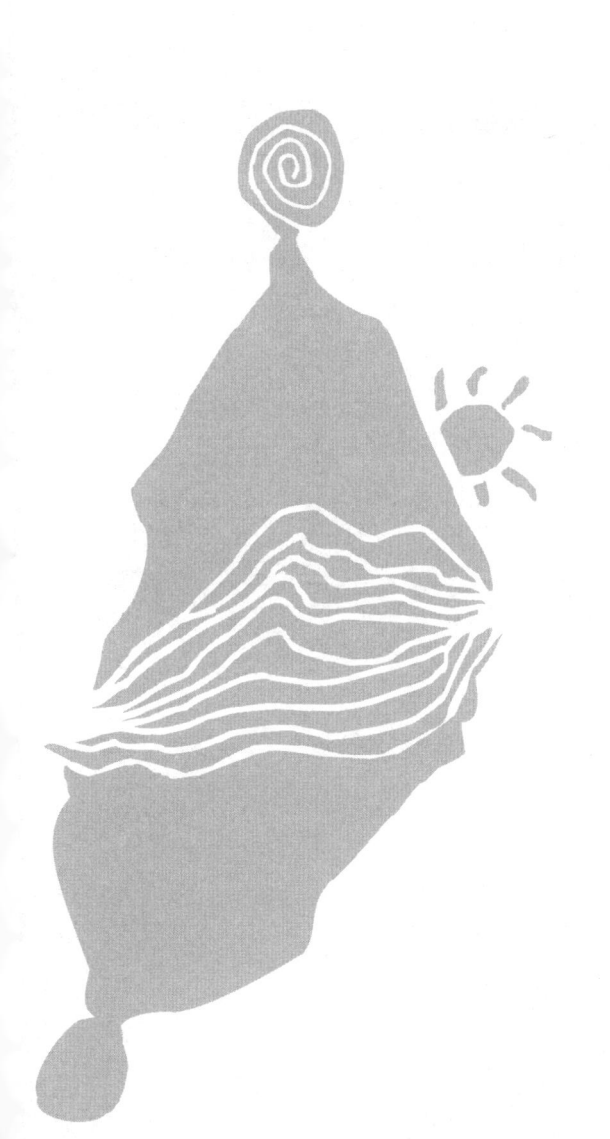

人是有温度的

夕阳更精彩

不多不少

一

荧光明灭，流星掠过，宇宙璀璨，恍如灯市。

提着灯笼，走街市？顶着星雨，巡银河？远处涌来云絮，劈头盖脸，披你一身渺茫；忽又遭遇极光，霞晖四溢，抖落万千微尘！

时而，感觉盘古不如我辈，盘古唯有一把斧头在手，我辈具备繁多利器于胸。时而，感觉我辈不及盘古，盘古能够开天辟地，我辈无法诠释天地。

我们为何在此？我们从何而来？

二

哲人的长项与短板同时存在。一处不起眼的软肋，会让经年累月构建起来的名气，滋滋剥落。

柏拉图一生都在探索世界。

他探索下来，说人的本质是没有羽毛、两脚直立的动物，结果被某个学生潇洒地进行驳斥——拎过来一只拔光毛的鸡——诘问他:"这就是你所说的人吗?"

柏拉图当时的表情,应该用两个字描绘:尴尬。

尴尬的后面,还应该拖一句话:探索是伟大的,但探索必须精准。

三

在史蒂芬·霍金眼里,精准就是——不多不少。

用"切肉"来比喻"不多不少",最通俗易懂:一刀下去,一斤就是一斤,四两就是四两,分毫不差。于是那位秃头的"一刀准",飘飘然成了肉店里的顶级劳模。

但霍金无意当肉店劳模,面对浩茫宇宙,他要诠解宇宙真相。

他不顾自己轮椅上坐姿的尴尬,他只想避免出现柏拉图式的尴尬。

四

霍金的句子,有点长,要耐心,方能读周全:"因为我们已经拥有的部分理论,对除了最极端之外的所有情形都可以做出精确的预言,为了实用的原因,似乎没有太多的理由去寻求宇宙的终极理论……但是自从文明肇始以来,人们总是不满足于把事件视做互不相关和神秘莫测的。我们渴求理解世界的根本秩序。"

理解根本秩序,而且——是渴求。

声线:高而平和;含义:亮而不眩。

他用《时间简史》挑起探索宇宙的重任。

"我们的目标不多不少,正是完整地描述我们生活于其中的宇宙。"

描述得肤浅,不成。描述得过头,也不行。要完整地描述——不多不少!

五

他出发了。眼前感应时间的流速,耳边触碰宇宙的静谧,脑中闪烁先哲的原理,心间铺开探索的尺幅。

历史,波诡云谲,蔚然大观。

亚里士多德第一个走来,他信仰静止状态,断定地球是静止的,太阳、月亮、行星围绕地球转。托勒密举双手赞成,还端出一个模型,展示八个旋转的圆球绕着地球飞转。至于八个圆球外面是啥,他语焉不详。哥白尼不乐意了,他振作起革命精神,大胆判断——太阳是太阳系的中心,地球与行星围绕太阳转。伽利略小心翼翼做了测量后,告诉世界:每个物体都以相同的速率增加速度,尽管它们的重量有大有小。伽利略死后一年才诞生的牛顿,被树上掉下的苹果激发出灵感,道出一个"万有引力"的秘密,说一切物体都有相互的引力,其引力大小与每一物体的质量成正比,所以地球以椭圆形轨迹绕太阳转动。贝克莱主教却嗤之以鼻,因为他相信一切物体、空间和时间均为幻觉,既然是幻觉,各位还讲什么讲!

时间在悄然流逝,人物在迭代更换。凡此种种,对宇宙的剖析,是不充分?是过头了?还是不多不少?

六

"只有全力以赴才能精通。"爱因斯坦的话。

只有精通,才能对研究对象,了解得又深又透,表述得不多不少。

爱因斯坦算得全力以赴了,他的广义相对论算得被人视为精通科学了——从宏观上,大尺度描述宇宙。但霍金头脑冷静,并不唯权威的马首是瞻。

他首先颔首赞许:"宇宙从非常热的状态起始,并随着膨胀而冷却的这一图景是基于爱因斯坦的引力论,即广义相对论,它和我们今天得到的所有观测证据都相符合,这是该理论的伟大胜利。"

随即话锋一转:"广义相对论预言了在宇宙中存在一点,在那里,理论本身崩溃或者失败了。这样的点正是数学家称之为奇点的一个例子。当一个理论预言诸如无限密度和曲率的奇点时,这是一个征兆,说明该理论必须做某种修正。"

他有点失望了:"广义相对论不能告诉我们宇宙是如何起始的,所以它是一个不完备的理论。"

七

有大必有小,无小不成大。

坐在轮椅上的霍金,眼神犀利,从宏观的大尺度,又扫描到微观的极小尺度。

在极小尺度上,站着普朗克、海森堡、薛定谔、狄拉克。

普朗克把光、射线、电磁波发出的波包，叫作量子。海森堡、薛定谔、狄拉克将牛顿力学推进一步，根据不确定性原理，把粒子的位置与速度糅合在一起，称为量子态，于是一种叫量子力学的理论登台了，而且，足音跫然，醒聩震聋。

量子力学硕果累累，被许多科学家首肯。然而，霍金脑子里垂荡着问号：它并没有同宇宙的大尺度结构挂钩呀！它无法解释星球之间的引力呀！它没有考虑时空的弯曲呀！

正如广义相对论无法讲通量子力学的不确定原理。

有纠结的地方，就有"生意经"，就需要"投资"。霍金的"投资"，便是投入智力。否则，无法释怀。

八

让大与小互相"和解"怎么样？把广义相对论与量子力学结合起来怎么样？

于是他的炯炯目光，投向了一方胜地——量子引力论！此处草木葳蕤，风光迷人，不存在科学定律在那里失效的奇点，"引力场由弯曲的时空来代表，粒子企图沿着弯曲空间中最接近直线的东西运动，但是因为时空不是平坦的，它们的路径显得仿佛被引力场弯曲了"。这种"粒子历史的类似物，现在就是代表整个宇宙历史的完整的弯曲时空"。

九

"探元入窅默，观化游无垠。"

他身子倾斜,却是轮椅上的巨人。他面向宇宙,解释了黑洞现象,考证了黑洞的面积定理。

他报知了黑洞会发出辐射,会因为爆炸而告终,并描述了大爆炸的景象。

他设想了在A与B之间建立虫洞,让人们逆时旅行。

他阐述了宇宙既不被创生,也不被消灭,它只是存在。

十

木心说:"蒙田不事体系,这一点,他比任何人都更其深得我心。"

霍金却是"事体系"的,在量子、力学、光子、奇点周围搜求的人们,总是以自成体系为荣,为誉,为宿命。否则,不会深得人心。

但最后——到结论部分——我发觉了几行字,该是他按动鼠标,在屏幕上写下的吧,读之,如听人嗟叹,如看人感喟。

竖起"不多不少"作为标杆的他,终于竖起了"令人困惑"这四个字!

话是这样铺展的:"我们发现自己处于令人困惑的世界中。我们要理解周围所看到的一切的含义,并且询问:宇宙的本质是什么?我们在其中的位置如何,以及宇宙和我们从何而来?宇宙为何是这个样子?"

还有:"一蹴而就地建立一个完备的宇宙万物统一理论是非常困难的。"

十一

朦胧是图像的朦胧，天象的朦胧，意象的朦胧，而不该是理论的朦胧。

超弦理论，无限乌龟塔背负平坦地球的图像，拉普拉斯的决定论，也都说不清楚宇宙的初始状态。

朦胧的理论算不上理论。

不多不少，诠释宇宙的完备理论，何在？

维特根斯坦讲："凡可说的，都是可以说清楚的。"

反向论点，其实并不成立——凡是说不清楚的，都是不可说的。

霍金比维特根斯坦来得坦诚。坦诚的人，才能坦承观点。面对说不清楚的理论，他还是说了，他说要等待上帝去完成——

"在大爆炸时和其他奇点，所有定律都失效，所以上帝仍然有完全的自由去选择发生了什么以及宇宙如何开始。"

"如果我们对此找到了答案，那将是人类理性的终极胜利——因为那时我们知道了上帝的精神。"

剑桥养育的骄子，在疲惫和迷茫之际，依然抖擞出一腔可爱。

十二

知音是"古已有之"的。

在人迹稀少的山巅，开发，拓荒，采撷，成果得来，殊为不易；旁人理解，更属可贵。

大科学家往往是互为知音的,尽管各自拿手的领域不同。

十三

但有时,我宁愿相信他们是——不约而同,不谋而合,殊途同归。

虽然,他们与霍金或认识,或不认识。

施一公说了:我们所感知的世界并不是客观的,宇宙真实存在形式我们都感知不到。他还发挥说:在那96%人类感知不到的宇宙中,有23%都是暗物质。

丘成桐说了:人类生活在十维的宇宙中,但只有四维时空可见,剩下的六维空间蜷缩在一个几何结构特异的空间中。

杨振宁说了:宇宙大无边,到底有多大,真的没有界限吗?我觉得好像有一个看不见,摸不着,法力无边,神通广大的力量在精心策划,运筹帷幄。它究竟是什么?是玄学吧!

是不是与霍金的"令人困惑"结论,有点像?

十四

宇宙很难不多不少地去解释,各种杂音却不依不饶地袭来——

太阳系正在向银河中心黑洞坠落,具体时间已经算出,地球将被迫流浪……

地球磁场强度渐渐降低,并将彻底消失,从而引发物种灭绝,人类生命也因此终结……

有史以来发现的最大彗星,正在向地球飞来,2031年是最后期限……

十五

天问！中国古代就有天问！

天问，既是渺小的，又是宏伟的。渺小，在于不对等；宏伟，也在于不对等。

"寄蜉蝣于天地，渺沧海之一粟。"蜉蝣之于天地，如何能不渺小？一粟敢问沧海，怎么能不宏伟？

我们为何在此？我们从何而来？地球终将毁灭，人生如何匹配？

十六

时间，让各种哲学凌空翱翔，好像太空的星辰。

似乎，哲学并不贫困。

李叔同把人生淬炼成"路过哲学"。在他看来，人生不过是路过，没什么不可放下。

他的警句多了去了——"人生犹似西山日，富贵终如草上霜。""人生如梦耳，哀乐到心头。洒剩两行泪，吟成一夕秋。"……

他的歌词深哉远哉——"长亭外，古道边，芳草碧连天。晚风拂柳笛声残，夕阳山外山。"……

他的举动至矣尽矣——断食吃素，遗世独立，出家为僧，讲经弘法，视苦为乐，化苦为甜……

"路过哲学"，把世事洞穿！因为是路过，对周围的一切，只能短暂地看看而已,"知身如虚空",有什么放不下?因为放下了,才能坦荡,无所忧虑,"长养慈心","可为仁圣"。

地球必将消亡,人人都是路过。

十七

萨特把小说撰写成"虚无哲学"。萨特的哲学里塞满两个字:存在。

洛根丁——他的小说《厌恶》的主人公。

洛根丁在布城,感到周围每天接触的人和事,一切的一切,都是令人厌恶的存在,存在"像一只肥大不动的野兽沉重地压在你的心上",存在"是阴郁的、苦恼的","我抖一抖身子来摆脱这个肮脏可耻的东西,可是它坚持不动,有这么多的存在,无数无数吨的存在,数也数不清,我在这个广大的苦闷世界的底层窒息"。

厌恶的关键是荒谬!存在的含义是虚无!

洛根丁模糊地幻想着要消灭自己。"可是连我的死亡也是多余的"——他思忖道——"我永生永世是多余的"。

人生像一页即将翻过去的书,谁也不会在意,人活在宇宙里,是不是有点多余?

厌恶存在。厌恶人生。不知洛根丁的五官长得啥模样——我疑心他眉头一皱,也会像挤水一样,把厌恶挤出来。

十八

格非把平凡琢磨成"凡人哲学"。在格非的哲学里,有着对平凡的掂量。

格非名气响，得过大奖，很不平凡，却对平凡情有独钟。

他思索人在一个生活世界里边随波逐流，灵魂精神内心怎么安定下来。他推敲我这个一生到底算什么，怎么评价自己的一生，让自己安心。他看到中国孩子人格单一，国人生活在对平凡的恐惧中。他发现当欲望被文化放大，平凡就变成可笑的耻辱。他反对把平凡等同于平庸。他认为每个人都是平凡的，平凡包含了伟大。

地球终将毁灭，宇宙势必沉寂，皆为尘埃一粒，如何单程旅行？

用平凡支撑短暂的人生，用平凡匹配渺茫的宇宙！

十九

姚洋把投资转化成"公平哲学"。姚洋的哲学里，第一维度，便是城乡教育要实现公平。

他察觉：如果从中小学开始就不断筛选，我们的教育就会非常地不公平。他觉得：应该投资每个人的教育、健康、职业培训等，让每个人最后都能发挥自己最大的潜力。他感到：搞共同富裕不是要均贫富，而是均无贫，投资每个人的教育，每个人的能力，跟我们中国人所秉持的道德观念可以合拍。他展望：如果每个人的收入能力都提高了，共同富裕就实现了。(引自《南方周末》)

宇宙变幻，流转不休，人生苦短，世事无常。让芸芸众生得到投资，达成教育公平，一起富裕，才不枉到地球匆匆忙忙走一遭，替混混沌沌的宇宙留下一道暖色。

二十

卢光琇把辅助生殖演绎为"优生哲学",这种哲学催生出越来越多的健康宝宝。

她推动了试管婴儿技术,给不孕症夫妻捎来希望。她想办法提高囊胚形成率,让植入囊胚的试管婴儿成活率更高。她用心解决胚胎活检的困难,掌握囊胚冷冻、解冻的诀窍,做好基因诊断。她的医院使用第三代试管婴儿技术,诞生的婴儿达一万六千多例。有不少被唤作"无癌宝宝"的,也有被唤作"天使宝宝"的,均避免了家族性的遗传病,让数不清的家庭抹去伤心的泪,笑靥如花。(引自《南方周末》)

以人类的优质生存,以母亲们的幸福美满,来应对最后将被黑洞吞没的地球!

二十一

报纸把标题制作成"信念哲学",这种哲学的开头均为两个字:"相信"。

比如,某日的《南方周末》,在各式人等的名字后面,用大字标题刊出他们的心愿——

考证12年的农民工:《我相信把书读进去》。

教国际金融法律的大学教授:《我相信中国资本市场正在步向成熟》。

生物学者:《我相信人类会习惯和野生动物相处》。

刑辩律师：《我相信坚持的力量》。

种粮大户：《我相信老天爷不会亏待勤快人》。

"冰墩墩之父"：《我相信实力能颠覆成见》。

罕见病组织负责人：《我相信患者"每年都有新年礼物"》。

"生育津贴第一案"当事人：《我相信未婚女性处境会逐渐改善》。

素人作家：《我相信我要一直不停地写》……

为保护地球、让一切变得顺理成章，而奏出了眷眷心曲——"我相信"！

认识天地，改造天地——并不因为这个天地将被黑洞吞噬而有丝毫懈怠。

二十二

宇宙难描，地球会毁，人生似梦，如何匹配？

活好当下——这是人类经历了感性估量、知性衡量、理性考量，用如椽大笔写下的四个字，不多也不少。

二十三

一位好友，在朋友圈写下："人生，就是一次跋涉，只有前行，没有退却；岁月，就是一种磨砺，只有坚毅，没有怯懦。"

我把霍金的《时间简史》，轻轻地，郑重地，放进随身携带的包里。然后，在早春淅淅沥沥的雨声里，撑着轻便小伞，迈着步子，沿小巷，朝前面走去。

此刻的情绪，比戴望舒写《雨巷》时，要洒脱……

思想之眼

——摄影家杨绍明素描

一

他兴致勃勃，提着照相机，想为面前的世界摄影大师布列松，拍一张肖像。

谁料，布列松转过身，躲开了！

他愣住了。无奈之下，只好对着房间，摁下快门。镜头里只剩下：两张空荡荡的椅子，一块五颜六色的地毯。

还有：一个看不见的问号。

他是杨绍明，在当年荷兰第 31 届世界新闻摄影大赛中，为中国实现了零的突破，领取奖牌后，专程绕道巴黎，去布列松的家，拜访这位"现代新闻摄影之父"。布列松坐下来，同他促膝交谈，还逐张评点他的作品，说这张不错——橙黄色的天空中，落日与船的桅杆相切，切点恰到好处；说那张不错——埃菲尔铁塔被压缩在建筑物的狭窄缝隙中，好像一副鱼骨头，视角独特。大师并不吝啬，为初来乍到的客人，送上甜美的赞语，却在拍肖像时，让客人碰了钉子！

布列松为刚才生硬的举止,添加圆润的解释:"我从来不愿意让人摄入镜头。作为摄影家,不能让很多人都来认识我,影响我的发挥!"意思相当明白:希望人们不受干扰,按照他们本来的思路生活,这样,摄影家就可以自由地举起相机,凭着直觉,捕捉"决定性瞬间"。

世上的人与事,都有各自的"决定性瞬间";这种"瞬间",比其他瞬间,更具备揭示能力。

布列松把尴尬留给了他,也把一种理念留给了他。

杨绍明受感动了,他与布列松交上了朋友。朋友的话,显然带着体温:"这次你得了奖,但责任比荣誉更重要!"

摄影是一门艺术——反抗着普通的观看标准——他掂量到了。在同行们各据一方,对布列松的观点作出见仁见智的解释时,他不甘人后,用娓娓道来的语感,表达自己破茧而出的领悟——"拍摄决定性瞬间,要迅即让头脑、眼睛和内心世界共同作用,当机立断。"

多年后,他把手中的相机,亲昵地称呼为:"思想之眼。"

二

一张七十多年前在延安杨家岭拍摄的照片,把一个头戴船形帽、手捧大西瓜的四岁小男孩,定格在世人面前。摄影家吴印咸端着照相机,捕捉到了男孩稚气的眼神,那眼神,飘忽着对世界的肤浅提问、对照相机的朦胧理解。

杨绍明深感欣慰:几十年风烟,没让这张童年的照片褪色,也没有消磨掉自己对摄影的热恋。"今生与你,唯爱相依!"走出北大的校门,他憧憬着:有朝一日,能展露身姿——背着照相机,带着取景器,去新华社当摄影记者,用眼睛解析世界,靠镜头传扬人类。

他如愿了。

春风把他的身影,吹向瑶台琼室,也吹向寻常巷陌。他出入盛大的庆典仪式,他活跃于重要的社会活动,他重走红军长征路,他遍访欧美亚非拉。他主编、出版了《思想之眼》等五十多本摄影画册。人们用"跨越世纪,横亘东西"这八个字,点赞他的摄影作品。

——他拥有历史眼光,环球视野。

从法国卢浮宫,到英国莎翁小镇;从上海恒隆广场的消费文化,到澳门渔业行会的"醉龙节";从"二战"老兵,到加加林铜像;从努比亚人,到阿尔卑斯山南部的山民……全球化意识,让他把探究人类文明放在了同一坐标下,具备了世界意义。

这是一幅《寻梦埃及》图!橙黄色的天空,浮云在摇滚,七位欧洲旅行者,像七帧黑色的剪影,镶嵌在画面上,有的面对远方,调整镜头;有的手握相机,与人交谈;有位女士妖娆地倚靠在同伴身上,朝着右边金字塔方向摁快门。画面上并无金字塔,只有彤云下寻梦埃及的人影。让人浮想联翩了:这是在寻找金字塔的底蕴?还是在研究古老的尼罗河为何能"永远替人类负担起历史上忧患的包袱"?

那是一幅《异想天开》图!湛蓝的天际,左面:一支烟囱;中间:一根钢架。右下角:一尊老人拿着图纸在异想天开地雕塑。今与古——衔接;虚和实——相衬。透过在伦敦抓拍的这一镜头——突然间,牛顿、瓦特、达尔文、焦耳、霍金……这一连串大写的科学家,梦幻般浮现出来。不正是他们的脑洞大开,推动了工业革命、科技革命,让人类文明朝前跨越了?

当摄影机聚焦可爱的中国,那画面,让人"一腔热血满肝胆"!瞧,《青春呐喊》图:1984年金秋,天安门广场,人山人海;数不尽的青年,高举双手,笑逐颜开,喊声掌声,此起彼伏,欢呼中国取得1990年亚运会的主办权。国运昌盛,人心凝聚,我古老中国又一次登上世界舞台!看,《金色的天际线》图:杨绍明以蘸着诗意的笔触,抒写了一个摄影家的情怀——"夕阳下,漫步外滩,金色的余晖洒在浦东陆家嘴的高层建筑上。我用长焦镜头摄下了这道高低错落的天际线,古今交融,中西合璧,比肩而立的雄伟,耀眼夺目的辉煌,把上海这座迈向卓越的全球都市呈现在世人面前。"

——他寻觅现代名人,珍贵时刻。

现代各国名人,在二十世纪历史的撰写中,留下各自的浓墨重彩。他踏破铁鞋追寻他们,他成功了。

哈默博士正在打电话!其办公室,活像展览会,摆满各国政要的照片。哈默二十来岁时,用贸易资助了年轻的苏维埃,列宁称他为"哈默同志"。八十多岁时,支持中国的改革开放,投资山西的一家煤矿,运营成功。他是石油巨头,却不摆架子。他热爱中国文化,是中国人民的好朋友。

张学良抬起右手,向海峡两岸的亲人做最后的招手!这是在夏威夷,他的100岁寿宴上,祝寿音乐刚刚响起,生日蛋糕刚刚端上。他戴红花编织的花环,赵四小姐戴黄花编织的花环,两人喜气洋洋。历史学家说,关押张学良,关出了一个中国的"哈姆雷特"。此时,"到生命的最后一刻,他俩都已经是喜剧人物了"。

荣毅仁露出了真性情!他坐在人民大会堂主席台上,忽然聚光灯齐刷刷亮起来，他"仰头张嘴，笑了起来"。一生爱国的他，受命担任中国国际信托投资公司董事长，任务更艰巨了。

还有：香港著名的爱国实业家霍英东，名字被命名了2899号小行星的邵逸夫，极力谋求中美关系正常化的黑格将军，致力于推动中美友谊的陈香梅，影星迪娜·梅瑞尔……

郎静山，中国最早的摄影记者，成就十分了得，比如把国画原理融入摄影，比如创立"集锦摄影"艺术。1991年，郎静山回上海探亲，还拜会了老画家朱屺瞻。

在朱屺瞻家，杨绍明身手敏捷，跳到画桌上，采用广角镜，摄下最简单的画面：郎、朱两人比肩畅谈。

两位老者，有得一拼——都生于1892年，都活到一百多岁，在摄影与绘画上，都登上各自的高峰。

摄影中，小事物可以成为宏大的主题。"我这一幅的主题是什么？"——杨绍明的脑子一骨碌，蹦出八个字：双峰并立，旗鼓相当。

——他捕捉情感世界，喜暖色调。

在观察的领域里，机遇往往偏爱杨绍明那样有准备的头脑。他能轻松探取到人的情感世界，解析出大自然色彩的韵律感。乌克兰老农那深凹的双眼，隐含着对生活前景的一丝抹不去的担忧；得克萨斯牧场边的摊主，从眉宇间露出"见钱眼开"的神色。"丘吉尔庄园"一角：上半部是蓝色天空，下半部是绿色树丛，蓝天中漏下来两束白光，圆池里喷上去一束白色泉水，宁静中只闻天籁之声。"莫奈花园"一角：使用"位移模糊"手法，体现动感中的"莫奈印象"，让真实的花园里那红花绿草，看上去好似一幅莫奈的油画！

三

　　杨绍明再次端起照相机——在巴黎——是布列松离世之后了。布列松的夫人、优秀摄影家马丁·弗兰克，倒是没有像布列松那样转身躲开，而是在镜头前留下笑容，以及身后的"布列松画廊"。她要毫无保留地，向世人展示丈夫的摄影遗产。

　　杨绍明认同马丁·弗兰克的话："对我来说，摄影已经是一种生活方式，一种证明我们生活时代的方式。"

　　如今，他又启程了——八十一岁的年纪，以这样一种生活方式。他想从"文"和"艺"两方面，多样化地扩展摄影成果。比如，运用新媒体形式，表现自己以往的摄影作品。他喜欢"原动力"这个词。他说：父亲的政治原动力，母亲的文学、戏剧原动力，推动着他，砥砺前行，再立新功。

卡耐基引出的话题

人生在世，常会遇见头疼的事。比如，雇来一个佣工，水平、人品却不够格，咋办？

卡耐基先生讲过一个故事——

有一回，他的朋友——琴德夫人——雇来一个女佣，并通知对方下星期一上工。但临时多了个心眼，打电话给女佣以前的女主人，了解女佣的工作表现，却得知：各方面都差劲。

唉！此时，是批评和警告女佣？还是干脆回掉女佣？琴德夫人的做法，与众不同——

当女佣来上工时，她突然说："赖莉，我那天打电话给你以前做事的那家太太，她说你诚实可靠，会做菜，会照顾孩子，但她说你不整洁，从不将屋子收拾干净。现在我想她是在说谎，你穿得很整洁，人人可以看得出。我打赌你收拾屋子一定同你的人一样整洁干净。你也一定会同我相处得很好。"

结果呢，人要脸皮，鸟要羽毛，赖莉十分顾惜琴德夫人对自己的评价，各方面都表现出色，同女主人相处融洽，把屋子打扫得干干净净，即使多花一小时，也心甘情愿……

琴德夫人学历如何？有没有进修过心理学？我不晓得，卡耐基也没透露，但她显然是洞察人性的高手——运用人性的弱点、特点，将局面扭转过来。假如在当今网络时代，送她一个"点赞"的表情包，我看完全够格。

接下来，更值得点赞的，是卡耐基了！他讲完这个故事，语带幽默，侃侃总结道：要学会给人"戴高帽"！并围绕如何"戴高帽"，"戴高帽"的目的、好处及原则，留下一些警句：

——"如果你要在某方面改进一个人，就要做得好像那种特点已经是他的显著特性之一。"

——"差不多每一个人——富人、穷人、乞丐、盗贼——保全所赐予他的这诚实的名誉。"

——"如果他得到你的尊重，并且你对他的某种能力表示认可，他就很容易受到引导。"

同时，卡耐基又举几例，反复强调——

"给人一个美名，并使之努力保全。"

"鼓励的办法更易使人改正错误。"

卡耐基的亮点，就是关注人性。关注，才能洞见；洞见，才能开药方。他一连开出众多药方——"与人相处的基本技巧"，"平安快乐的要诀"，"如何使人喜欢你"，"如何赢得他人的赞同"，"如何更好地说服他人"，"让你的家庭生活幸福快乐"，"如何使你变得更加成熟"，"走出孤独忧虑的人生"，"不要为工作和金钱而烦恼"，"防止疲劳，永葆活力"……还将此写成著作，变为演讲，引导世人追观人性之弱点，从而纠偏补失，战胜自我，创造成功的人生。

卡耐基的著作，治愈了大量迷惘者，让他们从"半醒着的状态"中彻底醒悟,发掘自己那些潜伏未用的资才——这,等于是在为人们的职场生存提供指南,替市场经济的周转添加润滑剂。

说这一套是"成人教育学"也好,"励志学""成功学"也罢,骨子里都是一种"人学"。

世上不少学科,说到底,均为"人学"——关注人性,反映人的处境、本质与需求,教给人处世的本领,为谋求人的利益尽力。例如,钱谷融先生提出"文学是人学","伟大的文学家也必然是一个伟大的人道主义者",这是将人与人性,划归到自己所研究的行当——文学中去的一种号召。看得出,钱先生是洞察人性的高手。尽管后来,批判的雨点急急打来,将他这薄薄的一纸文章,浇得湿漉漉,破兮兮,不堪言状,但喜欢"魏晋风度"的他,凭自己洒脱、散淡的性格,泰然置之,不移初衷。最终,文学史像一座高台,让他的"文学是人学",犹如获胜的拳击手,稳立台上,凸显胜利的风采。

有一回,《文汇报》"笔会"部,要评选当年的"笔会文学奖",其中,得奖杂文,每篇奖金一万元。钱谷融是评委之一。评奖在圆桌会议上进行。当时,对朱铁志的杂文《论倒水》,赞成和否决的票数相等,就等钱谷融投最后一票。我看见,钱先生郑重地拿起《论倒水》一文,认真地、仔细地,琢磨一遍。突然,他放下文章,抬起头,脸上漾开笑容,说道:"我这一票值一万元!"给《论倒水》投了赞成票。

《论倒水》,是讲在官场倒茶水的学问——

"众人聚会,相互倒水,即表示关爱和尊重,也使气氛融洽……但一杯清茶到了官场,情形就大大地不同了。倒与被倒,先倒与后倒,多倒与少倒,快倒与慢倒,转圈儿倒与固定倒,都大有讲究。倒好了，事半功倍，能倒出仕途经济。倒坏了，事倍功半，能倒掉顶了多年的乌纱。可别小瞧了这杯茶，在它的清纯澄碧之中，多少人青云直上重霄九，多少人倒霉背运下地狱。它是海，在平静的外表之下孕育波浪；它是云，在洁白的表象之中聚集风暴。倒这杯茶，非有十年八年的修炼不能到火候……"

钱谷融的眼，遇到洞察人性的作品，会放光。朱铁志这一次运气好，写官场人性，恰恰被倡导"文学是人学"的钱先生来决断胜负——上海话叫"碰到了识货朋友"——真是不得奖也难！

至于哲学，看上去威严、峻厉、艰深、高不可攀，其实挖到根子上，它也是"人学"，是本质意义上的、关注人性的学问。它像巨人一般，站立在宇宙观的高度，却弯下腰，伸出手，帮助人——把握自己，把握世界，让人摆脱苦难，取得自由。它与人系在一起，与人性系在一起。冯友兰先生说："哲学并不是一件稀罕东西；它是世界上人人都有的。人在世上，有许多不能不干的事情，不能不吃饭，不能不睡觉；总而言之，就是不能不跟着这个流行的大化跑。人身子跑着，心里想着；这'跑'就是人生，这'想'就是哲学。"冯老先生太有洞察力了，一双眼，把哲学的内涵看得精准。

曾记否，哲学一度变得硬绷绷，斗起人来，弹眼露睛，冷漠无情，这就脱离了"哲学是人学"的本质，"人在这种哲学里被看成是一堆蛋白质的聚合物"——网上有文章这样说。

而讲到新闻学，老朱我的血就会沸热，只因我本人由未及弱冠，到耳顺之年，足足四十二年光阴，投入在了一家报社。我们都明白，新闻学功能多多，但，关注人的信息，包括人性的赤诚，人性的良善，人性的需求，人性的困顿，人性的凉薄——这些，也是新闻报道的任务。南京大学杜骏飞教授，对新闻学深有研究，他说:"从本质观念上说,新闻即人,尽管新闻在字面上更多的是在报道数字和物理事实。新闻学即人学,彻底的和终极的新闻精神即人本精神。只有当新闻学真正关注人的生存、人的价值、人的尊严时,它才能分析新闻、评判新闻、实现和发展新闻,此时,新闻学才具备这门学科的本质内涵。"

这就把"新闻学是人学"的口号,写在牌子上,高高举起来了。所有的记者、编辑,都应让这一口号,在心里安营扎寨。

实践,需要勇气。

因为,坚持"人学"的本身,就需要勇气。

回过头来,还是要谢谢卡耐基先生,他关注人性,尊重人性,修补人性,留下了深博无涯的学问。

唯有让全社会实操这门学问,方能塑造大写的人,完整的人,现代意义上的人。

这种人多了,苍茫的天穹,才会漏下希望之光。

夕阳更精彩

  抬头看，绛红色的晚霞，带着一层橘黄色，像水彩，均匀地涂抹在天边。太阳已经落下，仍以余晖，向大地昭示着它的精力。色彩更醇，韵致更浓。

  哪儿飘来的乐声？喇叭里播送，晚风中传开，悦耳，舒心，让人神色凝聚，驻足聆听。呵！夕阳下，马路边，有一群老人，穿着五颜六色的衣裳，手脚灵活，动作整齐，扭着身子，在跳广场舞。节奏，旋律，正是按照那乐声——《我们的生活充满阳光》——二十世纪八十年代一开始就流行的歌曲，依次展开。流年似水，以变老的身躯，拾捡青葱的记忆——老人们潇洒，超逸，尽心尽力了。

  我们小区的老年舞蹈队，排练一种舞，就换一套服装，让舞和服装配套，也显示服装的资源丰富，仪态万方。至于时装队，"时装"二字本身就表示服装的"时髦"，就更当仁不让了，干脆，把最时髦的衣服轮番炫耀。有几位大娘，身材发福，腰板肥厚，却也不管不顾，穿着时装摆 pose，左侧一扭脖，右侧一转脸，活像 T 台上的模特，让人拍照。

  小区的湖面上，丛林中，常飘来浑厚的唱歌声，有时是合唱，有时是独唱，也有男女对唱，刚柔相济，那是老年唱歌队的生命律动，钢琴伴奏相当专业，黑白琴键忠实地配合着歌声，或齐头并进，或错落有致，满林子的"知了"，在枝头叫着叫着，突然停下来，是自愧不如歌声的高雅？是想重新学习怎样发声？

再远一点，前往工业区，"老年读书会"蓬蓬勃勃，飘满书香味。老年书法小组、国画小组，默默地耕耘，窥探中国传统文化的深厚底蕴。

老头老太——对"活着才是硬道理"——比谁都意会得更深。

故而，健康长寿，是他们的卷面上，一篇费心构思的作文了。

一个"老年太极拳队"，在会所的"多功能厅"施展拳脚。杨式太极拳"绵里藏针"的功夫，随着"揽雀尾""单鞭""提手上式""白鹤亮翅"的展开，呈现在众人面前。每天早晨、下午，拳队的身影，都会按时出现，队员们红润的脸色，十足的中气，是在替太极拳做免费的广告？

养生方法，也千奇百怪了。只要有效果，能治病，便被老年人视为珍奇，当作宝贝。能量平衡灸——疏通管道，见坑填土，驱邪扶正，肾脾归平。补土派脏腑点穴、气道口扎针，各显神效。突然，窗外有洪亮的声音传进来，有人在高声念数字：念三个数字，停顿一下；念四个数字，停顿一下——不是做算术——是在治病。原来，根据八卦图，每个数字代表不同的脏腑，念数字，能把相关脏腑的病痛赶走。

人生的暮年，迷人的晚境！

那是五十年前了，我到市工人文化宫，参加过"作曲培训班"。晚年了，运用当年学到的知识，写过一首歌曲《老小孩》，是用进行曲节奏谱写的，适宜于一边走一边唱——

夕阳更精彩

健身舞,好风采,
木兰拳,有气派,
别看那白雪飘上头,
健康路上朝前迈。
时光在倒流,
青春又重来,
人活百岁不是梦,
夕阳更精彩,
豪情化作东流水,
奔腾向大海。

琴声美,歌声脆,
书声琅琅传天外,
别看那晚霞落满山,
学习路上跑得快。
美文抒胸怀,
丹青画未来,
ABCDE从头学,
生活是教材,
唐宋元明清任我游,
青史作舞台。

老小孩,老小孩,
老呀老小孩。
老小孩,老小孩,

老呀老小孩。

来来来来来来来……

我唱着《老小孩》,眼前的时光像潺潺的水流,转变河道,倒流回去。走路轻捷了,身手迅捷了,做事利捷了。

今年,一个春意盎然的日子,一批老小孩携带行李,成群结队,去安徽旅游了。带队的是一种有利于健康、促进长寿产品的开发人。她带领我们去她家乡——这种健康产品的发源地,去旅游,参观。一路上,我目睹老小孩们天真有趣的表现,品味"夕阳更精彩"的神韵。我也像老小孩一般,将导游用的旗子接过来,用右手举高,再举高。边上有人称赞:"这高度,周围一百米之内都能看见,是当导游的料!"一表扬,我得意起来了,决定今后万一生活发生困难,揭不开锅,马上考虑第二次就业,当导游!

当然,解说词需要背熟,不能拿着底稿朗读——我叮嘱自己。

路上经过采石矶,去看了李白纪念馆。看到李白拱起双手的石雕像,我想,李白是在感谢汪伦,构思"桃花潭水深千尺,不及汪伦送我情"的诗句吗?我走到李白面前,情不自禁,也拱起双手,同他打招呼!

后来,我们这批老小孩,在健康产品开发人的带领下,去了淮南市寿县堰口镇。只见堰口镇张灯结彩,锣鼓喧天,鞭炮声声,欢迎的人们穿着大红服装,"孙悟空"也出来了,金毛色猴头,红、白、黄三种颜色相间的金箍棒,右手在额前一搁,双眼炯炯有神——这回,他是在眺望精彩的夕阳,而不是眺望唐僧取经之路——眼神多了一层平和亲切之感。

健康产品开发人每当讲完一段话,总有一句口头禅:"大家说,

夕阳更精彩

对还是不对？"

台下的老小孩们齐声答道："对！对！"

过了一个村，开发人讲了几句，又问道："大家说，对还是不对？"

"对！对！"

是的，为了让夕阳更精彩，人们洒下汗水，研发产品，有什么不对？

晚霞灿烂的时刻，老小孩们个个是好气色，霞晖停留在大伙脸上，渐渐地，催开了笑颜，一朵朵，像路边静静绽放的花。

我自鸣得意，哼起了《老小孩》的歌，声音越来越响——

人活百岁不是梦，
夕阳更精彩，
豪情化作东流水，
奔腾向大海……

大　路

　　我的名字里，有"大路"二字。"姓名学"义正词严地指出，生肖属猪，起名不能用"大"，理由——猪长大了，去哪里呢？不言自明。而我，偏偏属猪，1947年生，农历丁亥年的猪。

　　大路，既然看上去很大，别人就用"大"来衡量，有时会让你疲累，力不从心。中学体育课，有一节教学生快奔几步，到软垫上，翻个跟斗过去。别的同学，轻松一翻，过去了，轮到我，头一缩，就是翻不起跟斗来。是腿劲不足？还是腾翻技术欠佳？我不懂。体育课老师在一旁发声了——

　　"大路啊，你怎么一点都不'大路'？"

　　他从名字"大路"上提要求了。

　　人生的路，是大，是小，是平整，是凹凸，有着客观的测评。但有时，是如人饮水、冷暖自知的。旁人觉得你通衢大道，龙骧虎步，其实自认为陋街窄巷，鹅行鸭步；旁人评估你命舛数奇，艰难竭蹶，你却走得悠闲自在，惬意如风。

　　当记者——我的梦想——可以穿街走巷，可以跋山涉水，上至名流，下至黎庶，探讨人物，采撷历史，知悉成就，了解舆情，有时阐幽显微,有时访论稽古。是写作的蕴蓄地,是文采的磨炼场。于是乎,悠然神往。

命运没有歧视属猪却名字有"大"者,1965年就让我进了报社,1967年去北京当过驻京记者。办事处是一个四合院——如今我称它"遥远的四合院"——非但距离上海路途遥远,也是距离今天时间遥远,而且早在二十多年前我再去北京时,已寻觅不到其踪影,它早被拆除了。

当年,四合院中间,耸立着一棵高高的枣树,门外是胡同,走出胡同,不远即是灯市西口。在这个四合院当记者,眼界宽,脚头勤,天下新闻,能声声入耳。

二十世纪八十年代初,我当编辑的同时,也当文艺记者。有一回,去孙瑜家采访。孙瑜,脸型瘦长,神态沉稳,是三十年代就具有诗化风格的一位老导演,影片《大路》是他编导,1934年放映的,写社会下层人们的苦难,然而没有写他们消极失望,而是表现他们振奋起来,不甘屈服。影片中,有一首《大路歌》——是他写词,聂耳谱曲的,我也会唱。此时,与孙瑜面对面坐着,我的耳畔仿佛响起了《大路歌》那低沉雄浑的歌声——

"背起重担朝前走,自由大路快筑完。哼呀咳嗬咳,咳嗬咳,哼呀嗬咳吭,咳嗬吭……"

孙瑜看了看我的记者证,又看了看我。那眼神,有点深邃,又带点矜持。一个名叫"大路"的记者,来采访他这位《大路》的导演。是巧合,也很有趣。但他终于没有就此一话题展开,而是谈了一些其他的话题,话相当精简,语速也缓慢,说说,停停。

这时,门外走进一位中年人,原来是孙瑜的儿子孙栋光,在影片《武训传》里扮演过小武训。孙瑜转过身来,把我这个记者的名字告诉了儿子，孙栋光向我点头打招呼。

哦，"大路"这个名字，还是被《大路》的导演关注了！

记者的路，是一条大路。我继续往前走。

这一天，我来到上海胶州路的一条弄堂，这是典型的西班牙建筑风格里弄住宅，进门后有个小庭院，有位老太太，坐在脚盆边，在搓洗衣服。她就是宣景琳，二十世纪二十年代中国电影早期的"四大名旦"之一，与胡蝶同在影片《姊妹花》中扮演过角色，还在影片《家》《长虹号起义》《三八河边》《家庭问题》中出演过角色。

她停下手中搓洗衣服的活，看了我的记者证。尽管"大路"二字对她来说，未必像孙瑜那样多少有点亲切感，但出于对记者这一行当的尊重，她还是尽其所知，谈了她从影之后的感想，以及晚年的生活。

吴茵、严顺开等名演员，都是我接二连三，详细采访过的。有一次，意外的巧遇来了。

我去四川北路上的"群众剧场"采访群众文艺，剧场方面告诉我，这几天常州滑稽剧团来沪演出，住在他们剧场。影片《满意不满意》中饰演主角杨友生的小杨天笑，此刻也在剧场，要不要同他见见面？

我兴奋了，说"好的好的"。不多会儿，小杨天笑来了，这张熟悉的面孔，曾给中学时代的咱们，带来太多的好奇和启发。那是青春的火花，不老的记忆！影片主角从不安心服务员工作，到转变思想，决心为人民服务，给了一代观众以艺术化的教育。1964年放映的影片，迄今十七八年过去了，他还是老模样。

他请我在观众席上坐下，我俩肩并肩，随便聊起来。真是世事沧桑！社会变化大，《满意不满意》中的演员变化也大，据他介绍，其中有些已经离开了人世。但我告诉他——影片的口碑、影响力，经久不衰。我们的同学，至今仍在当经典回忆。

小杨天笑相当健谈，在记者面前，他的话匣子完全打开了。

只不过这次见面后，没过两年吧，小杨天笑自己也因病辞世了。女主角叶梅英的饰演者丁吟，也去世了。

我是记者，我要了解《满意不满意》中的其他演员。3号先进服务员孙师傅的扮演者方笑笑，是苏州滑稽剧团的，住在苏州。没有任何困难能阻挡一个记者的脚步——1984年年底，我在去苏州采访之余，按照打听来的地址，顺路去拜访了方笑笑。孙师傅是影片里的正面角色，稳重端庄；方笑笑是生活中的人物，也稳重端庄。我同他谈着谈着，觉得自己与这部电影挺有缘分！

记者的路，越走越宽。我对自己说，学生时代翻不来跟斗的一幕，已经过去了。大路啊，你要更像大路一点！

1986年，我辗转听说，轮船上的船员，文化生活相当枯燥，需要改善。

怎么回事？

记者的敏感，促使我出发了。我跟随一艘轮船——"长山轮"——出航大连。

"长山轮"是交通部的先进单位，看上去一切都无懈可击：井井有条的工作秩序，一尘不染的卫生环境，笑脸相迎的服务态度，让人的心情舒适得像怡然自得的海风。

船儿犁开波浪，给灰褐色的海面留下一条翡翠似的水带。

晚上八点多，上海电视台要播放墨西哥电视连续剧《诽谤》。我问船员："对《诽谤》，你们感兴趣吗？"

"啥个《诽谤》？没听说过。"他们答道。

我奇怪了："那么，《济公》《宋江》《女奴》，熟不熟？"

他们有点尴尬："《宋江》不知道。《女奴》《济公》，人家说好看，我们看不到。"

"长山轮"跑大连航线，可以依次看到上海、山东、辽宁三个电视台的节目。然而船踪不定，碰到什么就看什么，就显得支离破碎——这边，莉迪娅刚受到桑德拉的诽谤，那边，宋江已把阎婆惜杀了。其他像"卡西欧杯家庭演唱大奖赛""外国朋友唱中国歌曲"等节目，船员都无缘问津。

至于好电影，船上也看不到。同样一部影片，船上的票子售价比电影院的票子售价要低，赚头不大，所以海运局旅客服务所很难从电影发行放映公司租到好影片。有些片子，翻来覆去放，被人形容为"《山道弯弯》走不尽，结果又来到《死亡的陷阱》"。

"带连续性的东西，我们都享受不到！"一批年轻船员抱怨道："各种电视讲座，裁缝、英语、电工，我们想学，却没缘分；读业余大学，更不可能。我们是被社会文化遗忘的角落。信息得不到更新，知识面越来越窄，以致上岸后不敢多开口，怕出洋相！"

记者这条路，真是一条大路，走到这里，能听到这么多船员的心曲。我仿佛在花草芳菲的绿洲中间，突然发现一块荒地。

接下来，便是船员诉说更隐秘的心事了。因为谈恋爱也讲究连续性，所以船员找对象很难。"长山轮"六十多个青年，百分之九十五以上没有结婚。一位放映员，长得十分潇洒，此刻却紧蹙愁眉，叹道："我和女朋友谈七年恋爱，至今还未结婚。我实在不想去领结婚证了，我怎么对得起人家！她在读书，知识天天有长进，我呢，讲来讲去这句话——'大连苹果五角钱一斤。要吗？要不要带几斤回来?'"

这样谈恋爱,能够坚持七年不吹掉,水平算是高的!

作为记者,路走到这里,已经豁然开朗,甚至可以动笔写记者见闻了。不,路还可以再走一段。

从大连回上海途中,我上了驾驶室。二副告诉我:"人都在打疲劳战,怎么顾得上自身的文化建设?"他说,现在船上欠的公休太多了:船长一年多;政委二百八十二天;客运主任二百六十多天;轮机长一年多;水手长三百七十七天;他自己三百二十五天;一般船员平均一百多天。我们不能光看到船开得出,旅客不提意见,就没事了。再不改善文化生活,再不注意合理的周转,船上将没有人来了!

二副不再说话,拿起望远镜瞭望海面——我看寓意有点"双关":我们观察问题,最好也用望远镜。

大海在波翻浪涌。它使人激奋,也催人思考。

好!记者见闻就这样写:反映全过程,最后提升到用望远镜观察问题!

这篇见闻,在报纸上发表了。有好评传到我耳朵里。

用望远镜来看——远处层峦叠嶂,近处柔枝细叶,都能了如指掌。

同样,用望远镜来看——记者的路很值得走,记者的路是一条大路。名字叫"大路"的记者,理应走到底!

好莱坞，你怕什么

我的中学同学江忠耀，五十多年前考入上海戏剧学院，四十多年前分配进上海电影制片厂，二十多年前移民美国洛杉矶，如今成了一位既是画家、又是编剧的爱国华人。

1987年，江忠耀被上影厂派去，协助好莱坞导演斯皮尔伯格在沪拍摄《太阳帝国》。那时，他还是壮年人，一头黑发，一条领带，英俊潇洒。现如今，已是白发披肩，有点像外国法官戴着白发头套了，有的外国友人干脆叫他"爱因斯坦"。

他是艺术家，在美国，看到过很多，听到过很多，出于职业兴趣，对好莱坞电影也作了多方位扫视。他对颜色是敏感的——觉得奥斯卡颁奖典礼"太白"（都是白皮肤的演员得奖），好莱坞影片的主角也"太白"（都是白人在救地球、救人类）。怎没有黄皮肤的中国人担当主角？

他了解到，好莱坞也想拍中国人，却瞻前顾后，缩手缩脚，担心第一主角是中国人，影片拍摄拉不到投资人；担心投资下去，票房不佳，收不回成本。

江忠耀不开心了，他发问道：好莱坞，你怕什么？

越到老年,他的艺术细胞越是活跃!吃饭也在想,睡觉也在想:如何让中国文化在好莱坞开花结果?是啊,单单在好莱坞影片里注入一些中国元素,加一些中国配角演员,或在中国选一些拍摄现场,怎么够呢?必须要有一部以华人为第一主角的影片。

于是乎,一个名叫《梦龙——另一宇宙归来》的电影剧本,在他手中诞生了!

《梦龙》参照江忠耀本人的经历,描写中国艺术家在美国的生活,现实与超现代结合,地球与外星人结合,传统手法与科幻结合,想象力十分丰富,连万年后地球的生活及另一宇宙外星上的生活,都在剧本中跳出来了。

第一男主角"梦龙"是华人,颠覆了好莱坞一向以白人为第一主角的惯例。整个剧情,跌宕起伏,有"梦龙"随外星人飞碟飞向另一个宇宙;万年后的地球;海底古城墙的迷茫;龙首与长城;《太阳帝国》中的中国美工小子;长城上空的飞翔;世贸大厦遭"9·11"恐怖袭击;龙首失窃,白鹤之死;龙首争夺,女主角海莉遇难;外星上的"地球博物馆"。至于后面"宇宙声光艺术团"的演出,更是夺人眼球——

A. 星空

B. (1) "飞天"表演

(2) "反弹琵琶"表演

(3) "飞火轮"表演

(4) "外星宠物"——麒麟的表演

(5) 凤凰鸟的飞舞

C. "宇宙欢迎你!""另一宇宙欢迎你!"

(1) 外星文字,焰火

（2）英、中文，焰火

D. 宇宙里的神话

剧本中，假名与真名相结合。当年我们班级的同学里，不少人的名字带有正面意义。有趣的是，剧本中男主角"梦龙"小时候的同学与伙伴，出现了这些名字，例如，巫为民的"为民"，许迎光的"迎光"，凌海燕的"海燕"，汪义方的"义方"。而鄙人的名字叫"大路"，虽属大路货，即一般货，但"大路"总比"小路"宽一点，所以也位列其中。

最近，南加州大火肆虐，烧掉许多房子，给人的生命与财产带来巨大损失。江忠耀拿着剧本，忽发奇想：何不将南加州大火的镜头加进去，让中国龙吸足太平洋水，扑灭这场大火？

一个新的构思又在酝酿中了！

进军好莱坞，就是在电影方面实现"中国梦"！江忠耀想邀请他的老朋友斯皮尔伯格来导演，并由斯皮尔伯格出面，邀请英国科学家霍金担任此片的科学顾问。

霍金的心思，江忠耀早就"侦察"到了——在英国某电视台一档采访节目中，霍金表示他十分想在英国"007"电影中饰演反派角色，然而未能如愿。因此，想帮霍金圆他的电影梦，拟请霍金出演《梦龙》中那位外星派驻地球的全权代表——霍布金。

霍金演霍布金，奇思妙想！

不料，天有不测风云，霍金去世了。无奈，只能另选演员来饰演霍布金。

还有，让那些为中美文化交流流过汗水的人士，以真名和真身出现在故事情节中。

可以说一下的是，老朋友斯皮尔伯格已看过《梦龙》的剧本

更精彩

了。他发话说：投资人不宜太多，越集中越好。

啊！"梦龙"身上，携带着一个又一个梦想！而这个世界上，关于"梦想"的诗句很多，这里，借用一句来送给江忠耀——

"养一朵梦想，等待它发光。"

"空谈"

大千世界，无奇不有，犹如天穹漏下的光，斑驳陆离。

突然想起两个字：空谈。

空谈——与无知者的狂妄之说画等号——大概是无疑的了。满腹经纶的笛卡尔，就认为，经院哲学是一派空谈，只能引导人们陷入根本性错误。

凡事，总有例外吧。空谈也有务实的，也有携带烟火气的，在"仁义礼智信"背后，看得见"油盐酱醋茶"，因而，受人关注，遭人喜爱。

用诗性的语言来描摹：空谈里既有形而上，也有形而下。空谈里有哲学！

老皇历一翻——就来到 1947 年 11 月到 1950 年——那时的上海电台，播放着一档特别节目——"杨乐郎空谈"。

所以，这篇人物散文，以杨乐郎为主角，以上海滩为历史舞台，以空谈为话茬。

杨乐郎，真名程天程，上海南张家弄人，1911 年生。他的笔头功夫不错，做过《飞报》《罗宾汉》等报的特约撰稿人，专写小品文章，几乎每天能提供一篇。笔名叫"乐郎"，因为"杨家将"里的"杨六郎"名气太响，所以后来"空谈"时，灵机一动，顺手加了个"杨"字，唤作"杨乐郎"了。

杨乐郎小时，在南市"小桥头"附近的"小西门少年宣讲团"，同韩兰根、程笑亭、唐妙坤等一班"出科弟兄"，滑稽唱唱，余兴节目演演。这位南货店的小开，读书不用功，对算术喊"头痛"，结果年纪一大把了，依然不会算钱，不会做生意，连"九九表"也背不出；去买东西，站柜台的找给他钞票，他数也不数，拿了就走，生怕自己数错，出洋相。开皮箱店蚀了老本，开冷饮店"热"不起来；做咖啡店、跳舞场经理，更是"碰碰要弄僵"。然而，杨乐郎却另有一功——对上海滩特别熟悉。别人虽也熟悉，但局限于某一层次，有的只了解绸缎业，有的只熟谙咸货行，杨乐郎却是上中下各层次都了解，吃穿用诸行当均讲得出所以然——从金少山到盖玉亭，从"赏乐楼"到"桂花厅"，从"长三堂子"到"咸水妹"，从"阿司匹林"到"润喉止咳糖"，甚至从上海滩最豪华的大馆子，到最低档的"小毛饭店"（开在八仙桥南面的褚家桥，其菜肴都是大饭店泔脚桶内的剩货，烧一烧，重新搭配而成)，都去"品味"过。

光熟悉还不算，杨乐郎还善于讲，滔滔不绝，绘声绘色，时时夹带一些上海俗语，海派味道浓。当时上海四马路有个"中国文化电台"，是上海滩的头等电台，每晚八点到十一点，是"大百万金香烟空中书场"的节目，十一点以后是空档。"中国文化电台"老板潘武鼎，是杨乐郎的老朋友，对杨说——

"杨乐郎，你的嘴巴很会讲的，要不要弄一个小时？反正十一点到十二点空着！"

杨乐郎自然高兴，一口应允。上电台总要有个名称，叫"讲故事"吧，只能限在故事范围内，自己把自己"关死"。叫"谈新闻"吧，新闻之外的事就上不了台面。不知怎么一来，想起了"空谈"。为啥叫"空谈"？杨乐郎解释得惟妙惟肖——"空谈空谈，空气当中谈谈；而且不大好实谈，一'实'，便容易触犯国民党当局，还是空谈太平一点。"万一遇到麻烦，也好以此推脱，"我本来就是空谈谈的！"

1947年11月初，"杨乐郎空谈"开张了。

杨乐郎搞"空谈"，往往先抓住一封听众来信进行分析，然后引用一个故事来印证。名曰"空谈"，同实际还是搭一点边的。比如有人写信来说："我想研究某样东西，经济上搭不够，但我有兴趣，想发明创造，而且已略有端倪。请问杨先生，是荒废掉，还是研究下去？究竟走哪一条路？"

杨乐郎便谈开了："青年人，年纪轻轻想发明，我支持你！你经济困难，要我资助，我搭不够，但我可上电台，替你呼吁呼吁，争取各方帮助。主要在于你有没有决心、毅力。我说一个例子：以前有个轮胎发明人，叫顾德年，生活困苦，但坚持搞研究。他想用橡皮来做实用品，如鞋子，既保暖，又不漏水；邮局送信的袋袋，用橡皮做，就不会使信淋湿。后来专门研究轮胎，终于成功，遇热也不会烊掉，而且大热天能几百里路一直滚过去，成为'顾德年轮胎'。弟弟，我希望你有这种精神，继续研究下去，有志者事竟成！"

人世间，烦恼多多。有人给杨乐郎写信："我对读书不感兴趣，读不进。现在外面做单帮生意的很多，我读十年书毕业，做个小职员，能赚多少？还不如做五年单帮，变个大富翁。有人劝我：'读书好！'有人劝我：'跑单帮好！'请问杨老夫子：走哪条路好？"

杨乐郎不紧不慢，又谈开了："弟弟啊，你提这问题，还是属于好小囡，说明不是看到物质引诱就马上改变思路，还在做考虑。你问我应走哪条路，我认为走第一条路好。跑五个月单帮，可能你会坐汽车，但也可能因此而闯出祸，吃二十年官司；读五年书，可能没赚到什么钱，将来做职员，但学了文化，受了教育，终身有保障。做无知无识的市侩，还不如当吃苦耐劳、有品质的学者。"然后，杨乐郎举了某某人刻苦钻研成为学者的例子，并说——

"劝你跑单帮的那班赤佬，不是好人；劝你读书的人，倒是好心。但听起来，话还是劝跑单帮的人说得甜。甜是甜，但跑到后来，踏空一脚，一失足成千古恨，那时喊'喔唷哇'就来不及了！"

杨乐郎乘机骂了那帮做滑头生意者，以及不务正业的流氓。

在婚姻恋爱问题上"空谈谈"，是杨乐郎的家常便饭。有位大小姐，写信来询问："我有个对象，我很爱他，但一则父母不同意，二则对象工资太少，我在犹豫不决之中。问你杨先生，是听父母话，还是嫁给他？"

杨乐郎回答得从容舒缓，滴水不漏："爱情爱情总要有米，没有米爱情就长不了。外国有句格言：'贫穷从门里进来，爱情就从窗里飞出去！'不过大小姐，我看还是走你自己的路。生活固然重要，然而精神不能忘记。有好的享受，但精神不愉快，你是没有办法弥补的。反之，吃穿艰苦，但精神愉快，就会一世愉快。做人的味道就在于此。这是我赞成你嫁给穷对象的原因之一。之二，你说会饿死，天下没有种事！你何曾看到天上有饿死的鸟摔下来？没有！只要你肯努力追求，总能养得活两人。之三，父母反对，根本不必顾虑。现在婚姻自由，父母不能包办，可大胆去向父母反抗。

不要说现在，就是当年卓文君，是卓王孙的女儿，司马相如看中她——当时孀孺嫁人是坍台的，卓王孙富有，足可以享受的，司马相如却是穷鬼——在进退维谷时，卓文君有毅力，毅然不告而别，与司马相如私奔去了，精神上得到了愉快。"

这位大小姐后来选择了哪条路，历史没有提供答案，然而"空谈"里满满的辩证法，却是四十年代上海滩闪烁的一道光。物质与精神，卓文君与司马相如，这话题，够诗人们写一连串抒情诗了。

杨乐郎"空谈"，内容实实在在，措施也是"实打实"的。当年电台常搞募捐，得来的钱送给普善山庄、德本善堂，以便向穷人施诊给药、施棉衣、施粥饭、施棺材。每次募捐，杨乐郎个人的捐款总是名列前茅，有时能与一个剧种演出所得的款项相比，足见这位"独脚蟹"能量之大。此外，他还替听众操办一些琐碎事务，比如代配眼镜——

"现在某某学生眼镜碎了，配不起，有哪家商店肯帮忙？"

有一家公司回话了——

"我们是某某眼镜公司，凭你杨先生一张名片，我们送一块镜片给他！"

杨乐郎"粗中有细"：上海滩滑头事情多得很，万一"某某学生"是假装"配不起"而来捞捞"外快"的怎办？于是，就要他的学校（单位或邻居亦可）出具证明，然后再拿着杨乐郎的名片，去该公司配。

此外，他还经常介绍穷人去免费拍爱克斯光。

上海滩的小市民要求并不高，能有几个切身的问题得到解决，或精神上得到些许安慰，便也欣欣然了，所以杨乐郎倒也颇受青睐，每日电台要收到三五十封信，从头皮的胀痛，到脚底的发痒，从婆媳的拌嘴，到妯娌的龃龉，都来叩问杨老夫子，杨老夫子也尽量给以解答。加上讲话时注意"卖法"，采用"活口"，即不用底稿，随口说，听起来很过瘾，因此老老少少都爱听，来的信件桌上堆不下，便用几只麻袋装。

一时间，上海滩上，"杨乐郎空谈"成了社会热点。常会听到这样的话："你不要'杨乐郎空谈'好吗？"

有一回，杨乐郎本人在电车上，听到有人叫"杨乐郎"，以为是熟人，回过头去一看，不认识的，原来是乘客在谈论"杨乐郎"！

上海滩的滑稽演员程笑亭，绰号"冷面滑稽"，平时很难叫他笑，别的演员"笑场"，笑得逃下台去，他依然面孔"阴冷"，一点不笑。可是听了"杨乐郎空谈"中的噱头，"哧哧"笑了。

这一路招笑的艺术，他没有啊！

上海滩——市场经济的集散地——资本起落，风卷云涌。"杨乐郎空谈"火起来了，老板们也涨红着"生意眼"，盯上来了。一个活生生的景象：要求在"空谈"节目中做广告的客户，居然排起队来了。这真是——不管你"空谈""实谈"，只要能赚钱，就要来谈谈！

有的人平素架子大，此时不得不稍稍弯下腰，脸上堆起笑容："杨乐郎，做做我们的好吗？"

"我独做的，不与人合做的，你吃得消吗？"杨乐郎条件还挺硬。

"吃得消的！吃得消的！"

从第一家客户"三星棉织厂"的"电灯牌毛巾"，到"蝴蝶牌缝纫机""屈臣氏汽水公司"，以至国际饭店十四层楼"红厅"……越到后来，大客户的广告做得越多。

杨乐郎做人有原则，做广告有规则——简单扼要，几句话就结束。对那些啰里啰唆、文字多得像"饭泡粥"的广告，"空谈家"杨乐郎送给它们一个难听的名字——"阿屈死广告"！

肉臭苍蝇叮，人红是非多。"杨乐郎空谈"一红，其他电台每晚十一点到十二点的节目就没人听了。于是乎，近十个民营电台联名到电信局控告"中国文化电台"，要求停播"空谈"，理由冠冕堂皇——说"空谈"是"七歪八倒乱讲一泡"。

"空谈"第一次面临危机！电信局要"中国文化电台"停播杨乐郎的节目。杨乐郎辩解说："言不通俗不传远，语不关风不动人"，过于通俗以至接近于庸俗的内容是有的，但黄色的东西却没有！

"空谈"，由于沾带了一个"空"字，被电信局固执地归入"扫空"之列。

杨乐郎只好离开"中国文化电台"。然而他那"百炼成钢"的口才，滴水不漏的逻辑思维，"空气当中谈谈"的独到构思，是一笔天生的财富，他不想随便丢弃。"天生我才必有用"——他来到公营电台。后台老板是海军部、陆军司令部，电信局管不着了。到"凯旋电台"后，杨乐郎仍然搞"空谈"，内容依旧面向市民大众，从"形而下"到"形而上"。

风格不改。能量场不改。受欢迎程度不改。

无奈"凯旋电台"是"潮州帮"开的，收音不清楚，机器差劲，常爆软铅丝。恰巧此时，"神州电台"欣赏杨乐郎的才干，鼓动他去他们那儿。"凯旋电台"生气了——

"我们救了你，你却要跑掉？"

杨乐郎不买账，以三寸不烂之舌回应道："你们不要瞎讲！电台与节目是相依为命的:蹩脚节目上了好电台,会红起来;好节目上了蹩脚电台,会把电台拉起来。'凯旋'起先谁听?还不是有了杨乐郎,你们才红起来!"

杨乐郎去志已决。当时没有合同的,只需付一个月电费。"凯旋电台"老板喊白相人、上海滩政治流氓郑子良打电话给杨乐郎——"你到我家来一次!"

牌头硬,杨乐郎不得不去。他去找老朋友——虹桥疗养院肺科主任郑定竹商量,杨经常介绍穷人到他那儿拍爱克斯光。

真是福人有福相。郑定竹问:"谁喊你去?"

"郑子良!"

"啥时候?"

"明天上午!"

"我来陪你去!"

"为啥道理?"

"郑子良是我堂房爷叔!"

第二天,两人来到太仓路上的郑子良家。郑定竹说:"这是我最要好的朋友,爷叔你不要轧脚!"

一声"爷叔",叫得郑子良骨头有点发"酥",马上表态:"你阿侄来说服我,我就不轧脚了!最多——不帮杨乐郎,也不帮'凯旋'!"

"空谈",在上海滩的影响,随着空气的流动,越来越大。"新华大戏院"对面有一家新开店"哈德门皮件公司",老板来买杨乐郎的节目。杨乐郎说:"我独做的,你恐怕吃不消!"

老板不想示弱,腰板笔挺地回答:"别看我店小,我扛一下!"就单独买下来了。

"哈德门"开幕时，报上做大幅广告："某月某日，'哈德门'开幕，请欧阳莎菲剪彩，杨乐郎做总招待。"字号很大。

当时，有个做广告的掮客，去向滑稽演员戳壁脚："杨乐郎说，你们的节目只能排在他后面！"

其实，杨乐郎并未说过。结果，滑稽界在电台上骂杨乐郎："这个人最下作！"

有听众打电话给杨乐郎："别人骂你一塌糊涂，你怎么不还价？"

"我没有这种事，何必要斤斤计较？"杨回答。

"空谈"的角儿，肚量相当大。

"哈德门"老板却坐不住了，赶紧出来，请有地位的人拉场，像桶水，把哔哔剥剥要燃起来的火，整个儿浇灭了。

奔跑吧，兄弟

一

兄弟比我有魄力，64岁那年，旁人都退休闲居，安享晚年，他却忽发奇想，在没有亲戚关系可借助的情况下，移民去美国。

"朱大白啊，你这把年纪，来美国干啥？"一些已在彼邦生活了多年的同学，凭着经验，直愣愣地、又不失礼貌地发出质疑，"你对美国了解吗？"

是的，在那片土地上，辛苦不一定有回报，一尊亮灿灿的博士学位，未必能觅来一只叮当响的饭碗。自然，卸下架子，不顾面子，当个穷人，是可以伸出双手，领取救济金的。但"穷人"二字，滋味毕竟不好受，意味着——无工作，无资产，无收入来源，存款总数不超过三千美元。请问，谁又甘心，放弃国内吃穿不愁的境遇，来此地，瘪瘪缩缩，显摆穷酸相？

兄弟却气定神闲。他对我说："我想体验一下在不同国度里的生活。我知道，这是非常大的人生挑战，比自己当年去北大荒落户的挑战还大！"

二

他是画家。他走的是"特殊人才的移民途径"。

画家又怎样？不少大陆去美国的画家，知名度高，后来都回来了，成为"海归派"。对此，我兄弟心里清楚。但他是他。他的信念——人降生到世上，是来接受挑战的；凡事，吃准了，就去做，信心满满，劲道粗粗，心不旁骛，义无反顾。他这点心气，作为老阿哥，我是了解的。

到底是美国，移民是硬碰硬，不讲情面的。它重视各类人才，但要求严苛，倘是画家，必须是国家最高层次的专业委员会会员，必须是国内美术的一个评审委员会成员，发表的论文、参加的全国性展览、著作、获奖情况必须达到某个层次，必须有一定的国际影响。这些，兄弟都合格了。单拿他前几年在意大利罗马讲学、办水彩画展览、搞艺术交流、当地为他出画册、拍电视录像，今年又应邀继续办展览，等等，在罗马这个艺术的古都，算是有点名气了。

很快，移民美国就办成了。他住在南加州的约巴林达，这是一座富裕的新兴小城，在橙县的北面，离洛杉矶市中心64公里。

当年，他因为去黑龙江军垦农场，以前中学阶段的英语学习，被打乱。如今到了美国，缺乏用英语交流的能力。好在他会画画，难不倒。去餐馆，想吃面——就在纸上画一碗面条，上边冒热气。对方问什么面条——就画一头猪，表明是猪肉面。

而学开车，故事更多。因为兄弟他没车，在"学驾"阶段，只能请会讲中文的驾校教师上门授课。第一次开车，教师便让他上高速公路，紧张状态，可想而知。有一次，他在小区练车，被人报警,说"看到一辆车在小区内不断转悠,情节可疑"。不久,他从反光镜里发现有一辆警车尾随在后,他开到哪里,警车跟到哪里;他开到家门口,警车也到了家门口,而且警灯闪闪发亮。他不知出了什么问题,把双手放在方向盘上,并把车窗摇下来。警察过来,讲了一通话。他没反应。警察明白过来:此人不懂英语!于是把自己的驾照掏出来,给我兄弟看。此时走出来一位邻居,向警察解释说:这是住在这里的一位画家,正在学车,不可能有治安问题。警察恍然大悟,对这番话做完笔录,一句话没说,走了。

这位邻居搞不明白——"照理说,今天应该由你朱大白拿驾照出来,怎么反而是警察拿驾照出来?今天到底谁查谁?"

三

在美国,倘是简单地过日子,还不难;如要发展,就须动脑筋了。兄弟的策略很明确:拿起画笔,融入当地的艺术群体!2015年他参加了橙县艺术家协会。在当年的"橙县艺术展"中,他的两幅画作,分别获得一等奖和三等奖。其中一等奖那幅,是抽象画,评委会评价很高——水彩画用抽象画形式表现,在他们视野里,是首次;视觉效果和冲击力是强烈的;有内涵,很耐看。在洛杉矶一所博物馆举办的齐白石艺术展期间,他应邀去主讲齐白石的艺术成就。面对异国他乡那一双双渴求的眼睛,他深感自己有责任,准确传播这位湖南山乡走出来的艺术大师的成功秘诀。

他从从容容,说了一句:齐白石是用最简练的笔墨描绘出最丰富的内涵,简单来说,是八个字:"外师造化,中得心源。"

画家的思维,是带翅膀,飞来飞去的。兄弟他擅长水彩画,铺开宣纸，抹上水彩颜料，一腔情愫，如积雪融化似的，渲染开来，红的块，绿的圆，黄的线，蓝的点，勾描出的轮廓，千奇百怪；幻化成的题材，上天入地。有一天，他去约巴林达的行政中心，那儿有块纪念碑，是纪念"二战"中从约巴林达出发当兵而最终牺牲的人们。兄弟他站在碑下，望着面前摆放的鲜花，脑子里嗡嗡的，想起了"二战"。"二战"是正义与邪恶的大搏斗。水彩画素以勾勒小桥流水为看家本领，但照样能衔命阳刚题材。于是，早在他腹腔内孕育着的"二战"题材——"犹太人在上海"水彩画系列，便像打了催熟剂一般，加快了构思的脚步。以前在上海，兄弟住虹口区，虹口有"二战"时犹太人的居住点。当时，犹太人逃离了希特勒的魔掌，颠沛流离，四方辗转，终于，在上海找到立脚点，幸运地活下来。上海人胸怀博大，保护了犹太人。而犹太人懂得感恩，几十年来，一直对上海怀有特殊的感情。这段"二战"史上的佳话，如用水彩画形式，洋洋洒洒，点化出来，或抽象，或具象，或抽象与具象结合，将会渲染出多么感人的人道主义意境呵！兄弟他得地利之便，通过区委统战部，到犹太人纪念馆，翻阅图片资料；还就近访问犹太人居住过的霍山路、长阳路、临潼路，一条条弄堂去拍照。走访人家时，看到窗格上留下的犹太人符号，感触良深。

现在，约巴林达为他提供了宁静的创作环境。他说他今后完成"犹太人在上海"系列后，希望在以色列展出。

他，计划多多。还想以约巴林达为基地，注册一个艺术公司，进行中美文化艺术交流，把上海的水彩画介绍到洛杉矶，把美国艺术家的作品介绍到上海。"这种交流，要带有一点商业模式。"——他说。

四

5月初，我和太太从加拿大专程去约巴林达，看望兄弟和弟媳。他们租住的屋，有上下两层。能干的弟媳，操持着所有家务——从打扫，到烧得一手可口的饭菜。一楼的书橱里，置放着兄弟在上海开的"雅弘画廊"所制的"官·扇"藏品年历。5月份这张，是黄晋源的一幅扇面书法，笔力遒劲，题写着"山寺鸣钟昼已昏，渔梁渡头争渡喧"等诗句，给屋子平添艺术氛围。黄晋源，生平无从详考，只知是南阳人，清朝中期书画家。其书法，穿越几个时代，如今屹立在南加州约巴林达的这间阳光屋里——时空如此安排，只怕黄老先生做梦也未想到！

约巴林达面积小，却沉沉地，扛着历史的分量。有一日，我与兄弟并肩走在一条小路上，两旁绿荫满布，枝叶扶疏，脚底下的路面，铺得平展展。此时，四野阒然。南加州的阳光，显得慷慨明亮，让空气也变得透明、洁净，找寻不出一丝尘粒。做了几十年弟兄，此刻会在地球的这个角落，散步，叙谈，岂不妙哉？

"这条路，我叫它'尼克松小路'！"——兄弟对我说——"路边就是美国前总统尼克松父母的故居，尼克松出生在这里。这一带是他成长的地方。"我觉得走入历史的氛围里来了，不由自主放慢了脚步。路边是栏杆与绿树组成的墙，一架直升机，脾气文静，不声不响，停在墙内，长长的螺旋桨却关不住，其中一叶，伸到墙外来了。直升机是尼克松生前常坐的，当年"嗡嗡嗡嗡"，载着一国元首，远眺城郭，俯瞰山川，察访民间，履行公务，名播四海，风光一时。如今早已完成主人的使命了，像忠诚的仆人那样，陪伴着前总统，安息在这里。

转个弯，便是"尼克松总统图书馆暨博物馆"。替总统建图书馆，在1955年之后成了美国的一条法律。理由既简单，又堂堂正正：每个美国总统都是一项独特遗产，凭借图书馆，既保留了总统的公文、物品及多媒体影音，又让人们知晓历届总统的功过、得失、甘苦、荣辱，让人眼睛一亮：历史就在你的指尖！前事任由你来观照！

兄弟像介绍家乡风物一般，带我们在馆里浏览尼克松的一生。可惜，由于正在修缮，有些部分没能参观到。但坐在小剧场，观看尼克松生前的影视录像，听着他浑厚的嗓音，他还是栩栩如生的；弹起钢琴来，虽说不上"行云流水"，却算得上具有音乐素养。馆外，葱郁密集的一排绿树前面，是尼克松和夫人帕特的墓地。大戏已经闭幕，云烟已经消散，繁华已经褪尽，墓地显得格外简洁，四周也格外宁谧，偶有微风拂过，树梢会传来绿叶的呢喃。墓中的男主人，在其浩瀚的一生里，充满跌宕和争议，当然也有一些善举，其中一项是毫无疑义，能替他加分的，那便是1972年早春季节，前往中国的破冰之旅。这在中美关系史上，是划时代的。因此，约巴林达这块弹丸之地，在我这个中国人看来，是积淀了某种厚重感的。

五

我观察到，除了名人尼克松，约巴林达较有特色的，便是它的社区生活了。兄弟他对约巴林达的评语，是七个字——"好山好水好寂寞"。"寂寞"，是指约巴林达人少，只听见鸟叫，不大有别的杂音。有时外出几个小时，不见一个人影。所以，温馨的社区，优越的生活环境，便能解除寂寞、抚慰人心。兄弟所在的社区中心隔壁，就是大公园，嫩绿的草坪，起伏绵延，儿童在上面嬉戏，悠然自得。社区中心满足人们对精神生活的需求，周一到周五天天有各种活动，免费参加。还有各种"进修班"，大家可以凭兴趣报名。

兄弟他为了体验生活，放下自己水彩画家的姿态，以普通学员身份，参加了"水彩画班"。他写文章描绘"水彩画班"——

"学员是清一色的美国人，其中年龄最大的近七旬。大家平时都是开车来上课，很少缺席，且装备齐全。任课老师毕业于美国某艺术学院，她告诉我，到这里担任教师，除了要有专业学历外，还要通过加州政府的严格考核和筛选，并有试用期。每隔一段时间，就有学监来听取学员意见，这些意见将决定教师是否在下学年留任。因此，社区中心的教师必须具有敬业精神。记得我去上课的第一天，引起了众人的好奇，因为我是'老外'。不久，大家就在水彩画的语境中获得沟通。平心而论，数十位水彩画'粉丝'基本属于业余水准，兴趣与快乐就是他们唯一的学习目标。"

约巴林达的老人，福气好，逢到谁过生日，社区中心就聚集大家，吃顿美餐，弹琴唱歌，上台跳舞。并请寿星上台，亮个相，给足面子。言下之意，是活到这年纪不容易，鼓励大家好好活，人人活到天年。天年，指人的自然寿命，中国古代也有谓"天年"为"一百二十岁"的。

我们离开约巴林达的前一天，兄弟带我们去参加社区的"生日派对"，那天，恰巧是几位老人同一天生日，于是这几个人同时站在台上，笑眯眯地，领受礼品，接受祝贺。与我坐在同一桌的老人，享用着免费午餐，面孔上满是寿斑，神态祥和，怡然自得。他们把这种享受，视为自己天生应得的待遇，是社会赋予他们的权利，所以不用去感激谁、表扬谁。自由、平等的理念，不是悬挂在社区中心的墙壁上，而是书写在老人们的眼神里、气息中。

我们几个，也上台去，手拉手，跳起了叫不出名儿的舞蹈。神态真诚，当然，舞步是蹩脚的。

六

父母当年，希望我们兄弟俩，一个当作家，一个当画家。如今，画家的勇气、实绩，显然走到作家前头去了。

人来到世上，需要活出本性。兄弟在晚年，自己筹划命运，到美国，一切从头来。他与当地的朋友们相处融洽。他的理想，正一步步得到实施。

这让我很开心。我情不自禁地高喊一声——"奔跑吧，兄弟！"

沿途这一站

人生沿途，处处能看风景，也时时需要过关。

风景固然秀丽，过关却不轻松。达观知命者，便把过关也视为一道风景，开阔视野，洞见症结，陶冶素质，熬炼智慧。

有不少人，走着走着，来到沿途这一站了。

先来瞧瞧这里的风景吧——大厅里，一排桌子，摆得整齐，端庄，还带点威严。桌子后边坐着的人，西装笔挺，腰板笔直，代表着某公司人事部门的形象。一般人，是不会来这里的，唯有从网上给该公司投了简历，公司看了简历上的年龄、学历，特别是在外资企业工作过的经历，并且，从电话里听了英语表达的水平，认为可来面谈者，方能踏进此地。

面试——人生紧要的一步。跨得过去，别有洞天；栽了跟头，另谋出路。

有人淡定自若。有人忧心忡忡。有人如履薄冰。有人百爪挠心。

"请先读一下你的自我介绍!"西装笔挺者开口了。参加面试者清了清喉咙，念起来，仿佛语文课上朗读课文，字正腔圆。

"你为何要换工作？"又问。

于是答以跳槽的理由。

接下来，问答题的内容就纷繁复杂了——问你以前工作中的主要职责是什么；问你引以为骄傲的主要业绩是什么；问你遇见过哪些有挑战的困难项目，又是如何去解决的；问你的强项和优势是什么，哪些方面需要提高；问你的想法中，在外资企业工作需要哪些素质；问你为何团队精神重要，请给些例子；问你如果加入我公司，会带来哪些贡献；与其他人比，你有什么突出之处，为何我们要选择你……

这比外语的口试难多了。我学生时期，学俄语，俄语口试是参加过的，无非是在学过的俄语句式中，挑一些考考你，回答得相当从容，还得到了口试老师的口头肯定——"阿特利奇那"（俄语：优）。职场面试，你即使把所有可能面临的试题，准备得周周全全——像编织一张没有缝隙的大网——却仍然有鱼，甚至大鱼，漏出网外，让你防不胜防。

有可能，让你卯不对榫，答非所问。

有可能，让你张口结舌，呆若木鸡。

像"在外资企业工作需要哪些素质"，真是见仁见智的，你把人类的优秀品质，包括英国弗朗西斯·培根的"逆境的美德是坚忍"之类都搬出来，高大上是有了，但如果缺少了"团队合作精神""精益求精精神"之类，恐怕依然会扣分的，毕竟，西装笔挺者要的，是特定于他们公司的，与弗朗西斯·培根没有多大关系。

面试，长可一小时，短则五六分钟。前者，可理解为有希望，需反复权衡、细细掂掇；后者，可理解为"一着不慎，满盘皆输"，明显不合要求，立马走人。当然，临场应答自如，超常发挥，言简意赅,切中肯綮,赢得人事部门青睐,无须拖延时间,当场决定转给业务部门面试,再给老板面试,也不是不可能。

假如几个关口,面试都通过,就能签劳动合同。自然,三个月的试用期是免不了的。试用满意了,才能转正。

认真一点的公司,还会拨打电话,或者派人,去试用者以前的单位,做背景调查,核实核实——他说的话,是不是有哪句白的说成黑、黑的说成白;他自称拎得起来的强项,会不会偏偏是塌落下去的弱项⋯⋯

人生沿途的这一站,比高速公路收费站,风景更独特。对高级白领的招收,面试更严苛——英语流利,电脑相当熟悉,对微软办公室软件都要熟稔,长相端庄(不能明说),表达能力强,沟通技巧好,善于倾听,说话有条理,对事物具备开放态度,不能小气,不能自以为是,要接纳别人意见,随时愿意学习新东西⋯⋯

自然界,有风有雨,有雷暴。职场里,有喜有乐,有烦恼。反复考察,最后招进来的,也有变卦的,公司要裁掉他,他与公司打官司,说加班费没付,说裁人必须赔钱。有的风格高,原公司当经理,到本公司屈尊干主任级别,说"没关系,不在乎职位,关键看公司好不好"。到签合同了,说一声——"对不起,不来了!"

人生海海,潮涨潮落,云聚云散。优秀人才难以招到,来了又去了。"海归"派最吃香,几家公司同时去面试,挑一家收入最高者去投奔。老外回国去没工作,来上海干活就工资高,条件好,来了不想回去,而本地人又在成长,有的气量小的老外就排挤下面的人。有的老外不聪明,没素质,但老板却是他们本国人,就帮他们说话。

我的外甥女——严格说,是我妻子的外甥女——英语流利,做这种公司人事部门的经理，是绰绰有余的。如今，她在加拿大多伦多，做着房屋中介，这一口英语，足以让她得益终生了。

我这辈子，无须面试了。就像汽车，轮子滚动，往前驶去，身后那一站的风飙霈泽，少有兴致再去观赏了。

"极简"

那天,我摔了一跤。

是早上六点多,从卫生间出来,突然一阵眩晕,眼冒金星,然后晃了两步,就失去知觉了。过了一会儿,张开眼睛,发觉自己躺在地板上,浑身酸疼。慢慢地,起身,又发现眼镜不见了。妻子在楼下早锻炼,闻讯上楼,问长问短,还帮忙寻眼镜。地上没有,床底下没有,结果拿着木棒,在卫生间的盥洗桌底下一扫,眼镜出来了。

眼镜跌得如此远,足见这一跤跌得重。

事后,我坐在楼下院子里,望着栏杆外微微起波浪的湖水,思绪也慢慢地,有了起伏线。

年轻的时候,想着学习,成家立业。年岁大了,随着手机微信群里,时不时地对这位逝者说"沉痛悼念",对那位逝者说"一路走好",下意识地感觉到,火葬场焚化炉的逼人热焰,渐渐挨近了。

一个年龄,一个想法。

得知某地有人去世,剩下的大量家具、书籍、杂什,难以处理,远在国外的子女,万里迢迢,无法回来解决,就关照随意处理,能送的送,能扔的扔。可怜那是逝者生前一件件,一本本,呕心沥血添置,殚精竭虑购买的,生前当珍稀,死后变垃圾,逝者在泉下,会不会痛彻心扉?

倘若是一等名人,还好办,有国家、团体甚至企业托着,搞个纪念馆啊什么的,这些家具、书籍会变为馆藏物品,彰显文物价值。然而命运注定——世间尽为茫茫人海,泛泛之辈——不可能遍地博物馆的。故而,最佳办法,当然是传给子孙;否则,销毁、扔弃、变卖,去废品回收站,便也是不错的遴择了。

来到世上,本是短暂的,让过多物品,流为赘物,羁绊自己,还不如精简一下,腾空一下,让自己活得简单、轻松、自如——反正,你总要归山,带不走它们的。

简单,再简单,极度简单——于是,熔炼成了一种"极简主义"。

"极简主义",其实不新颖,用乔舒亚·贝克尔的话说:"数千年来,人们一直在实践和鼓励过极简主义的生活——这要比我们当今产品的大规模生产时间更早,比推行城镇化更早,甚至要比工业革命更早。"

"极简主义"的实践,早就有了,乔舒亚·贝克尔将它概括成《极简》一书,让"极简"升高一级,变成理论,模样严谨了,规范了,也可捉摸,可亲近了。

日本的山下英子,写过一本书,叫《断舍离》,核心思想,也是"极简主义"。"断"——与不需要的东西断绝关系,不予购置。"舍"——舍弃多余的物质,对无用的废物说"拜拜"。"离"——脱离对物质的追求,还自己一个轻松自由的生活状态。

至于从"断舍离"衍生出来的电视剧,例如《我的家里空无一物》,描写某个年轻人,与妈妈、外婆在"扔"与"不扔"上,闹矛盾,起纠纷,则属于艺术发挥了。家里面,是"空无一物"

好,还是留三件东西好、两件东西好,完全可以见仁见智的。

就像戴维·布鲁诺——在圣地亚哥的大学里工作的——将自己的物品限制在100件之内,此数目,对社会形成挑战,引发激烈的竞争——有的只拥有75件,有的只拥有50件,有的更少,只有12件。这,也得依据现实,不能一刀切。

都知道,过多物品,加上杂乱无章,给我们造成压力。极简主义,指挥我们逃离物品的过度积累,摆脱压力,过更简单的生活。但"极简主义"的聪明,在于所彰扬的目的。

我一遍遍,朗读这样的句子,仿佛在一遍遍,咀嚼哲学家的哲言——

"极简主义"是关于给予什么,而不是带走什么!

"极简主义"是要过拥有更少东西的生活,"更少的"与"完全没有"根本不是一回事!

"极简主义"生活让我们获得身心的自由,去追寻自己最伟大的梦想!

追寻梦想——迷人的字眼!

尼采,表达过这一层意思:"人生苦短,死亡甚至可能在傍晚时分悄然来临,所以我们能做些什么的机会,只有当下。要在有限的时间里做成些什么,就不得不离开些什么,舍弃些什么。"

有一张乔布斯的照片,最能诠解尼采的话——照片里,乔布斯坐在一间空荡荡的大屋子里,身边只竖放着一盏蒂芙尼台灯,还有一台影碟机。他就在这里,最简易、最质朴的环境下,蹦出最烂漫的构思、最瑰丽的蓝图。他成家后的屋子,也很简朴,除了不可缺的生活用品,没有赘物。最少的物质,让他腾出时空,替苹果公司放飞梦想。

有一条扎克伯格的新闻，同样能诠解尼采的话——这条2016年6月的新闻里，说扎克伯格的个人财富为446亿元，排名全球富豪榜第六。一个拥有如此身家的年轻富豪，他该拥有什么样的豪宅和跑车？答案是：一套小型公寓和一台两万美元的本田汽车。正是由于对事业的热忱和对财富的淡薄，扎克伯格像一个不停自我塑造的机器，沿路途不停地吸收养分，变成了一个强大的商界巨人。

"极简主义"，是他们寻觅梦想的不二法门！

我辈老矣，只剩下，观天边云散云聚，看门前花开花落。世间的变幻，有多大？理念的改观，有多快？对我而言，是隔膜，隔膜。"跨世纪的一代"——乔舒亚·贝克尔描述的——他们的消费观念，我知道多少？根本讲不出来。原来，"极简主义"对"跨世纪的一代"最有吸引力，"他们的世界更小，他们希望能通过技术与彼此之间随时保持联系。咖啡馆已经成了新的办公室，合作已经成了新的竞争，移动性已成为新的稳定性。这一代的许多人都会告诉你，在塞满物品的房子里享受自由的生活方式，简直是太难了！"

这年青一代，很显然，跨越到我们前头去了。

还等什么呢？就从自己做起吧，就从我家做起吧。看看平时，我们在手机上订购的东西，在屋子里摆放的瓶瓶罐罐，在更衣室内储存的毛衣裤子"收纳箱"，堆得满满当当，常绊住脚步。书房内，书籍重重叠叠，连自己都找不到要看的书了。精简一下吧，让空间更大，让环境更舒畅，让生活更简易，让自由更快捷地向我们走来。

跌了一跤，身上疼痛依然，但由此，居然认识了"极简主义"，居然准备实践"极简主义"。王阳明说："经一蹶者长一智，今日之失，未必不为后日之得。"说的就是这个道理。

你好，孙焕英

有一部电影，叫《你好，李焕英》；我这篇文章，则叫《你好，孙焕英》。

我叫"你好"的——这个"你"，当然是给我以好印象的人！

孙焕英，北京杂文家。看照片，他年轻时是帅哥；后来穿西装，胸前叉起双手，在呼伦湖畔的那幅留影，依然英俊。

单从写杂文的活计来说，我们大概是同行。但孙焕英不简单，他30岁时，毕业于中国音乐学院理论系，曾是部队专职创作员。还是中国音乐家协会会员，中国民族管弦乐学会会员，中国京剧程派艺术研究会会员，北京古筝研究会会员。他参加"京剧学国际学术研讨会"，与刘长瑜同在一个分组，说明他不是一般的票友，够得上京剧艺术理论家（唱功如何，没听过）。而北京杂文学会会员，只是他的身份之一。有一回，因开杂文会议见到他，听他分析的，却是歌曲的作曲规律，头头是道。

集众多文艺素养——专业而非业余——于一身，难怪他每回用杂文针砭文艺界得失，识力之锐，思境之深，比起其他杂文家，往往棋高一着了。

他赠我的三大本《孙焕英文化随笔集》，叠起来，有1809页之厚。说是随笔，不少却是杂文，首先议论文化问题，批评文艺界各种行当的猫腻、硬伤和不规范之处。看看这些题目，就知道有多么专业——《"京剧双簧"弊端多》《京剧曲牌音乐中的非规则游戏》《施光南歌曲创作中的模式化倾向》《从〈千手〉〈青花〉看舞蹈异化》《"春晚"缘何老缺好歌?》《普通话包含"普通调"》《"奥运主歌成阿斗"解码》《要研究"青京赛"的副作用》，等等。不是文艺的行家里手，焉能谈在点子上?

那篇《淡化旋律是音乐蒙昧》，开人眼界。他指出："淡化旋律的表现主要是作曲者不在旋律写作上下功夫，没有发挥旋法技巧，作品中没有美的有特性的旋律，或者是简单的节奏音型重复，或者是一些稀奇古怪的和声、配器追求音响效果。作曲却不以曲取胜。"原因呢?有理论上的混乱——以为"寻根""反璞"是越低级越简陋越好，连音乐中的精华旋律线也不要了。有商品化的因素——只想赚钞票，导致作曲粗制滥造。有音乐素养欠缺的因素——新手唱不了旋律性作品，只得淡化旋律。还因为相当比例的词作者不懂音乐、没给音乐以旋律的空间。诸如此类。文章笔锋一转："淡化旋律，把音乐退化到节奏帮伴的地步，是音乐上的返祖现象，是一种蒙昧。"

不知别人读后，感觉如何，反正我是受启蒙了。

《集体朗诵：诗词的催命号》，又是带有真知灼见之作。君不见，大型的集体诗词朗诵，常常占足风头，成为抢眼的景观。但孙焕英断然摇头说"不"。给出的理由——歌曲是有节奏、有旋律、有调性、有速度要求的，这些元素是绝对固定的，只要符合这些标准，就能集体合唱。而诗词没有严格意义上的节奏、旋律、调性、速度等元素要求,诗词朗诵是主观第一,有一千个朗诵者——审美者,就有一千个"哈姆雷特",因而根本不能够"大合诵"。"在抑扬顿挫、长短续断等朗诵元素上搞框架化、模式化、雷同化,向着节奏、旋律、调性等音乐元素靠拢,从而堵塞了题旨表达的朗诵渠道,也是朗诵艺术的消亡。"最后,他斩钉截铁地说——

"巨大就是高水平,大小成了艺术评判标准,互动就是生动、热闹就是热潮,这是艺术的误区。"

不知别人读后,感觉如何,反正我是不想再去听集体朗诵了。

孙焕英的性格,我以为,属于敢说敢为,有担当的一类。有一回,在某地杂文大赛的颁奖大会上,他作为获奖者,突然"不合时宜"地,当场对坐在台上的评委们提出质疑。这一幕,换了其他作者,是绝不可能出现的,多少反映出他的特立独行的一面,故而十年过去了,仍给我留下记忆。此种个性,放在杂文写作上,必然是卓立孤标,不随大流的。

如今的杂文,数量众多,成绩不小,但也存在明显的缺点:外行化——专业知识不够,论事说理泛泛而谈,无法深中肯綮;软骨化——鞭挞丑恶缺少尖锐性;返古化——似乎在嫌读者不懂历史,写文章动辄开讲历史课:"宋仁宗康定元年,有一个人……""明宪宗成化十二年,有一回……"因而,探讨、学习孙焕英的文章,有助于我们减少杂文写作上的这"三化"。

很久没见到孙焕英了,问北京杂文圈,也说"很久没联系了,学会大的活动有一两年因疫情没搞了"。

就在此,问候一声:"你好,孙焕英!"

一颗心,渴望燃烧

一

春风骀荡的季节,开卷阅读,是一件惬意的事;更何况,是展读年轻学子披露其成长历程的文字,一路上,总能与青春做伴。

这回,我读到的是:《一个理科生的作文印迹》。196篇,十二万八千字,从小学一年级开始,到高中二年级为止,逐年排列,整齐有序。

作者赵辕尊,如今已告别了写这些作文的时代,进入北大,成了数学学院的学生。此刻的他,正在学院里做什么呢?拨弄计算机,梳理某个程序?演绎数学公式,琢磨前后的逻辑关系?

二

一只学飞的小鸟,起点却不低。

自幼,赵辕尊就喜欢动笔。书中篇目,大部分是他自己出题作文,小部分是学校命题作文。

看得出来，其感受，首先来自生活。游览多，接触面广，使他的思路，远较一般学生为宽。十岁以前，他已到过不少名山大川，《岳麓山》《洞庭湖》《赤壁记》《敦煌莫高窟》《武汉游》《云贵之旅》《新疆大巴扎》等，录下了他稚嫩的足迹。《我学英语》《踢足球》《海伦公园看老头下中国象棋》《"西边"的夕阳》等，记下了他从日常学习、生活中捕捉的灵感。那篇《感动于父母对我的亲情》，写母亲下雨天到教室门口给他送伞，父亲晚上先辅导他做完功课再做自己的事，这让幼小的他，思绪联翩了——

"幸福是什么？幸福其实不需要豪华别墅，也不需要高级轿车，更不需要许多的金钱。其实，概括幸福只需要一句话：一个亲情永存的家。"

单有这一面，还不够。当得知美国富豪把孩子从小送去寄宿学校，参加长期野外夏令营，经受锻炼，他又反思自己——

"我绝不能永远地依偎在父母的怀抱中，整天的'衣来伸手，饭来张口'，只会使我的自理能力一步步地下滑，并且一直只是父母的'囡囡'。反之，不断追求锻炼自我的能力与体格，才是我成长最佳的道路。"（《我真想这样长大》）

这样的孩子，人格才是完整的。

课外阅读，是赵辕尊作文素材的另一来源。综览初中三年级下的作文，全是读书笔记。《敌后武工队》《回忆拿破仑》《伊索寓言》《苦儿流浪记》《笑面人》《基督山伯爵》《金银岛》《第三帝国的兴亡》《达尔文》……书读得真多！我注意到，他读了《外国幽默故事选》后，这样说："我天生就是一个幽默的人。""一切的不适意，都因为得了幽默，而变得喜气洋洋。"能用"幽默"化解人生的不如意，小小年纪，内心有点强大。

他的文字，是流畅的，音质显然属于童声。这里，没有庸俗势利，唯有天真无邪。一颗跃动的童心，漏泄在文字里，像清泉里的月光，斑斑点点，让老夫我，也遐思悠悠，回忆起远逝的童年来。

进入高中，赵辕尊的目光，越过了蚂蚁、田鸡、小鱼儿，开始关注民生，对社会问题发言了。《精英的返乡热》中，他感叹：外地来沪的人才，"他们曾经怀揣着梦想与瘪着的钱包，来到一直憧憬的大城市里，最终，却拿着厚了没多少的钱包与支离破碎的梦想，离开了这里"。《磁悬浮的思考》中，他发问："这么一小段路，坐磁悬浮能比乘车快多少？这么贵的票价，有多少本市人会去坐？这么偏僻的位置，能吸引多少游客？成本能收回百分之几？"《属于谁的富士康》指出：十三位跳楼身死的员工，以最后的搏击，撕开了厚厚的乌云，让地上的人们明白，淌着血的过去，终究只是行将结束的极夜。《孔子诞辰的去从》认为，将教师节与孔子诞辰重合，并不会使它们的现实意义或纪念意义有所增加。

一句句少年老成的话，分明是托腮沉思的产物，意味着：灵魂从此有了担当。

三

这些作文的背后，一定矗立着什么。

事实证明了我的直觉：赵辕尊从家庭教育中，汲取了正能量。爸爸是历史学家，著述丰富，十卷本《大三国》，重写了"三国"历史；妈妈学识也不浅，对《汉书·五行志》的研究，发前人所未发。浸润于历史的他们，也许是从史鉴中明白，父母对孩子，要提供宽松的学习环境，主要是"教思维"，至于具体如何学，是孩子自己的事。他们教孩子掌握观察问题的角度，比如，历史的高度，文化的深度，男人的力度，等等。

——"你要记住十二字方针：中西合璧，文理交融，古今打通。从小确立学理科的志向，但应以最好的文科状态去搞理科。"

——"你要阅读被大家认可的一流名著，《论语》，《孟子》，《老子》，《庄子》，《孙子兵法》，四大名著，托尔斯泰作品，雨果作品……"

——"你是男人，男人要负三个责：对自己、对家庭、对天下负责！"

——"你出去旅游，能乘火车，就不乘飞机；能乘汽车，就不乘火车；能步行，就不乘汽车。是苦游，不是去享受。这样，原生态的东西能看得多一些，可以接触底层群众，看他们如何生存，逼着自己去思考。"

方向明确，方法明确，责任明确。孩子向上的欲望，便自己"蹦"出来了！

请看赵辕尊的独白："人生的每一秒都是懦夫与强者的岔路口，分别通往自内至外的腐朽与轰轰烈烈的燃烧。"（《生活的常态》）

一颗心，渴望燃烧。

四

现在，可以咂摸一下本书的书名了。

《一个理科生的作文印迹》——似乎在挑明：文科与理科之间，既对立、又统一。文科运用形象思维、发散思维，理科运用逻辑思维、线性思维。两边的思维，是两股道上的车。但文理兼顾，可以做到；文理互补，更是不争的事实。两手硬，无疑对两者，特别是理科，更具好处。华罗庚的文学想象力，对"多复变函数"的表述，显然有用；苏步青的诗歌表现力，对"微分几何学"的描述，亦非多余。

如今有些博士、硕士，写文章不理想，本科生就更不用说了。这与他们从小不重视作文有关。赵辕尊给他们上了一课。他小学里就是金牌学生，作文水平一路领先，数学也始终是尖子，直到拿获借以保送北大的数学竞赛一等奖；而且活得从容，没有气喘吁吁。这本作文集，也是对"文理绝对分家论"的善意批驳。

当今社会，对教育的牢骚之声，已不绝于耳。赵辕尊说："现行的教育，就像不合温的煅炉一般，只会压制孩子的心智和能力，最终成为奔途上的一根绊索。"（《我那前世远邻：鲁迅》）他的作文，在他来说，是心智的解禁，能力的驰驱，情趣的享受。这种潇洒，是对"不合温的煅炉"的反叛。

赵辕尊留下了《一个理科生的作文印迹》。今后，会不会有其他学生，留下《一个文科生的数学印迹》《一个文科生的物理学印迹》？文理交融、突出重点、全面发展，总是诱人的风景。

愿在此，为新芽的冒出，敲敲边鼓。

作家存在的理由

有使命感的作家，是心心相印的。

1962年，当获得诺贝尔文学奖的约翰·斯坦贝克，上台发表受奖演说时，动情地引用了威廉·福克纳的话。

言辞是这样组合的——

"人类一直在通过一个灰暗、荒凉的混乱时代。我的伟大的先驱威廉·福克纳在这里讲话时，称它为普遍恐惧的悲剧：它如此持久，以致不再存在精神的问题，唯独自我搏斗的人心才似乎值得一写。

"福克纳比大多数人更了解人的力量和人的弱点。他知道，认识和解决这种恐惧是作家存在的主要理由。"

福克纳1949年获得诺贝尔文学奖。时隔十三年，他的逻辑，思路，用语，被斯坦贝克重申了。

当然，斯坦贝克也作了发挥——"作家有责任揭露我们许多沉痛的错误和失败，把我们阴暗凶险的梦打捞出来，暴露在光天化日之下，以利于改善。"

打捞梦，暴露梦，改善梦。

"人本身成了我们最大的危险和唯一的希望。"

危险与希望，都交织于人本身。

这就是斯坦贝克！

1929年10月29日，这个"黑色星期二"，股票市场突然崩溃，让美国一步步，滑入经济大萧条中。

人，是如此脆弱、恐惧。命运，是如此危如累卵，不堪一击。一边，是资本家、农场主，将白皎皎的牛奶倒进河里，将黄灿灿的玉米当燃料烧；一边，是日益贫困的民众，大量失业，四处流浪，食不果腹，疾病缠身。生活像一出闭不了幕的恐怖剧，让人心惊肉跳。与命运搏斗的人，无处不在，却看不到希望所在。

面对如此现实，斯坦贝克把同情心"始终赋予被压迫者，赋予不合时宜者和不幸者"。作家的使命感，迫使他不像一只小耗子那样叽叽吱吱，而是像一头狮子那样发出吼声！

他的目力洞幽烛微。他的文笔缜密精致。这绝对是属于斯坦贝克的生活积累，情感架构，叙述节奏，形象酝酿。小说《人鼠之间》诞生了。

两个人，一前一后走着，渐渐进入读者的视野。前面那个矮的，是乔治，眼神犀利；后面那个高的，是莱尼，眼睛大而无神。装束倒是差不多——都穿工装外套和工装裤，都戴陈旧的黑帽，都扛着毛毯卷儿。乔治原先认识莱尼的姨妈，莱尼从小跟着他姨妈，是姨妈将他养大。姨妈死了，莱尼就跟着乔治外出打工。不料莱尼在先前的农场闯祸了，乔治只得带着他奔赴新的农场。乔治觉得莱尼像个小孩子，本质好，没有任何坏心眼，但天生低能，说话、做事傻乎乎，需要乔治点拨、关照，否则总是出纰漏，吃大亏。莱尼想离开乔治，一个人去山里，乔治出于友谊，不同意，认为这样做，莱尼会被人当作野狼一枪打死。

　　大萧条时代的人，灰心短气，有严重的生存危机感。想摆脱恐惧，最符合逻辑的思维，便是找到一块能够安身立命的绿洲，涸鱼得水，夹缝求生。乔治带着莱尼，来到一个农场打工。他俩憧憬着——卖力干活，勤勉挣钱，然后买一块地，上面有自己的房子、卧室、厨房、鸡舍、耕地和果园，无需累死累活地干，每天只要工作六七个小时就够了，收割自己的庄稼，想吃什么，就种什么。"这一切都是我们自己的，谁也不能解雇我们。"在农场断了一只手的看门人坎迪，平日只能做清扫工作，却以自己微薄的收入，加入乔治和莱尼的队伍，遐想着这愿景成真以后的幸福生活。乔治虔诚地说："上帝啊！我打赌，我们能成。"倒是黑人马夫卡鲁克斯头脑冷静一点，他不无调侃地告诉莱尼——

　　"我见过成千上百的人，他们背着铺盖卷儿，顺着公路来到这里的各个农场，他们的脑子里也是装着跟你们一样的这个愚蠢的念头。他们来了，走了，完了又来了，每个人都他妈的想着将来要有一块地。可他们中没有一个有了一块地的。就像天堂难以企及一样。"

　　但莱尼喜欢柔软的东西——比如兔子——他企盼着赚钱养兔子。他的口袋里还装着死老鼠——走路时，喜欢用大拇指摩挲它，以致乔治严厉地命令他把老鼠掏出来，并一把拿过来，扔到了对岸的树丛里。而莱尼又趁乔治要他去捡干柳枝来把豆子烧熟当晚饭之际，隐入树丛里，将那只开始腐烂的死老鼠偷偷捡回来，再次被乔治抛向远处正在暗下来的树丛里！

　　概念与僵化的思路，永远与优秀文学无关。斯坦贝克在大萧条时期深入调查过萨利纳斯和倍克斯菲尔德地区流浪雇工的生活现状，还刊登过新闻报道，对流浪季节工人的形象耳熟能详。因此，低能儿莱尼的命运，就被作家匠心独运，安排得既在情理之中，又绝对出人意外。

正是莱尼力大无穷、却又酷爱柔软的东西，给他带来灭顶之灾。

农场主的儿子柯利，拳艺不凡，曾进入黄金拳王赛的决赛，但在对莱尼无理取闹时，被莱尼捏碎一只手。为了不被人笑话，只得说是手被机器碾压了。柯利的妻子平日不喜欢柯利，觉得他不好。她有自己的理想，想当演员，穿漂亮衣服，出风头。她不理解莱尼这个傻子为什么喜欢抚摸兔子和老鼠这些柔软的东西。她告诉莱尼，她的头发是柔软光滑的，要莱尼来摩挲，结果莱尼越摸越起劲。柯利的妻子担心头发被弄乱，叫他松手，莱尼捂住她的嘴和鼻子，不让她喊出声。莱尼力大无比，只摇晃了几下，柯利的妻子就没有声息了——她的脖子被莱尼拧断——死了。

合伙去买地皮、构筑幸福家园的美梦，就此破灭！莱尼知道自己闯了祸，逃到山脚下的灌木丛中。他依然离不开柔软的东西——眼前出现幻觉：一只特别大的兔子，在嘲讽他是"傻瓜蛋子"，"连给兔子舔脚的资格都不够"，说如果让他来照顾兔子，兔子会挨饿。这时，乔治赶到了，由于听到了树林里响起的杂沓的脚步声，他担心莱尼会被柯利抓住，动用私刑，残酷折磨至死，便出于对莱尼的疼爱和保护，一枪把莱尼打死了。然后，就坐在河岸上，"楞楞地看着他刚才扔掉枪的右手"。

《人鼠之间》，这题目，比斯坦贝克原先给小说定的题目《偶发事件》，好多了，既形象，又有寓意，耐得住咀嚼。鼠是灵动的，也是脆弱的，当鼠窝被捣，失去栖息之所，鼠类只能逃窜，任凭雨雪风霜，恶人践踏，充满了恐惧，最后往往不得善终。乔治、莱尼一类的流浪农业工人，命运也如老鼠一般，凄苦穷困，流离失所，在恐慌中，了此一生。

可贵的，还在于这小说对人性的设计，饱含戏剧因子，所以改成剧本上演，便受到追捧。戏剧，讲究人物、场面、悬念、冲突，引发观众好奇心，有可看性，这对当代热衷于快文化，沉湎于脱口秀、抖音，越来越没耐心品读小说的一代年轻读者，有感召力。

美国大萧条时期的恐慌景象，给斯坦贝克带来灵魂的冲击，他决意坚守作家的使命，用手中的笔，点染恐惧时代的图景，犹如狮子一般，发出吼声。他的《愤怒的葡萄》，承继了《人鼠之间》直面恐惧的创作传统，写农民负债、破产、为实现美梦而长途迁徙，内容更具斗争锋芒。

从福克纳到斯坦贝克，真正的文学，是延续的，固执的，坚守的。

我们需要汲取的，恰恰是最能观照现实的。福克纳说："人者，无非是其不幸之总和而已"。人类的困境，绵延不断，会重复，也会加剧。当前，就世界范围而言，区域冲突不断加剧，战争的烽烟，此起彼伏。国外不少地方的经济，出现垮塌征象，核污水肆无忌惮向公海渗透。地球的气候变化莫测，或旱魃为虐、如惔如焚，或洪水横流、似吞似噬。人的命运升腾跌宕，起伏不定，寻梦者恐惧频现，梦破者悲剧不断。而认识和解决这些恐惧，正是作家存在的理由。

毕竟，文学不是供托钵僧消遣的游戏！

每年十月，公布诺贝尔文学奖评选结果，都是一道风景。失之交臂者，腹内五味杂陈。吃不到葡萄者，嘀咕着葡萄是酸的。设立

"赔率榜"的博彩公司诸公,在算计榜单的盈利几率。但可以相信,那些真正意义上的文学巨匠——深知作家存在的理由——他们会以笔端的创作是否不辱文学使命,来冷静地评估自己,而不会只盯着"赔率榜"发呆。

了不起的戈尔丁

人类的兵戈之争，会不会发展到核战争？假如出现了核战争，世界的状况如何？

阿·托尔斯泰曾殷殷叮嘱："文学应该预见未来。"文学理论家在喃喃讨论："文学史应当是文学的可能史。"

延伸一句：文学史应当是表现人性的可能史。

人性太复杂，以致于西汉的董仲舒直白一句："人受命于天，有善善恶恶之性。"还顺手拈来一个比喻——仿佛带了点庄稼汉的生活体验——"性比于禾，善比于米，米出禾中，而禾未可全为米也；善出性中，而性未可全为善也。善与米，人之所继天而成于外，非在天所为之内也。"

这就把相传是孟子学生的告子那"性无善无恶"论，一票给否了。

既然"人来源于动物这一事实已经决定人永远不能完全摆脱兽性"（恩格斯语），那么，世界核大战之后，在我们这个地球上，人性会如何浮现它的真实面目？有出息的小说家，早在忖量这一命题了。

1983年诺贝尔文学奖获得者——英国的威廉·戈尔丁，就穷思极想，以小说《蝇王》，显示出他的超前思维。

人之为人，既具备人性，也隐藏兽性。人性是文明的，理性的，民主的，善良的，有道德的，讲规则的，因而是天地开阔、前途无量的。兽性是野蛮的，专制的，丑恶的，无仁义的，违例的，失序的，因而是断港绝潢、穷途末路的。是人性制服兽性，还是兽性吞噬人性，在平时须砥志研思，跻身非常时期，更属兹事体大。

作家的眼光，卓尔不群，凝视着典型环境不放。威廉·戈尔丁选择核大战爆发以后的一个荒岛——珊瑚岛，人物则是一群孩子。孩子小，未成年，按理应该是童真无邪，可偏偏交错相间，参差不齐，映现了人性的斑驳陆离。戈尔丁用寓言式手法，让一群小孩各具象征性，展露不同人性的交织、交锋，或天真稚嫩，或仁慈友善，或秉持公理，或权欲熏天，或诡计多端，或手腕狠辣。而别具一格的是，写人性与兽性的拼搏，最终让兽性压倒人性而占据上风。

诺贝尔文学奖的奖金，毕竟不是随随便便，就可捞进袋子里的，作家搜肠刮肚的产物，必定是物有所值。揆情度理，《蝇王》也一样。此书的中译者龚志成，一语破的，点明《蝇王》是对英国著名儿童小说《珊瑚岛》充满光明描写的否定。《珊瑚岛》写三个少年拉尔夫、杰克、彼得金，由于船只失事，流落到一座荒岛，相互之间，"团结友爱、抗强扶弱、智胜海盗、帮助土人"。毫无疑问，这是人性中的善，主宰了小说的空间。同样，"从《鲁滨逊漂流记》开始的荒岛文学，一向以描写文明战胜野蛮为其宗旨，鲁滨逊使土人星期五归化可为例证。"但《蝇王》同荒岛文学的传统旋律对着干，仿佛一首歌曲的离调，凡是暂时离调的歌曲，最终仍会回归到主调上来，但《蝇王》却并无回归的念头，沿着离调，一路急跑,一路下滑,从光明跌入黑暗,让法律世界溜走,让兽性管辖着荒岛,彰显人性潜匿着的无限可能性,这就在荒岛文学中,异军突起、惊耳骇目了。

地方,也是一座荒岛——珊瑚岛;孩子的名字,也叫拉尔夫和杰克,当然还添加其他不少小孩;情节的缘起,也是失事——但不是船只失事,而是飞机失事,在核大战中,孩子们乘坐一架飞机向英国南边逃难,不幸飞机中途被击落着火了,孩子们随着坠落的机舱,流落到珊瑚岛。环境、人名、交通工具失事,都一样——看得出,戈尔丁是蓄志在向传统经典单挑了!

《蝇王》中的拉尔夫,是规则的体现,他对自己这群人最终会得救,底气满满,理由是他爸爸在海军里,没有什么岛屿是他们所不知道的,而且女王有个大房间,里面全是地图,画着世上所有的岛屿,相信女王会有珊瑚岛的地图。说不定派来营救的船,恰恰是他爸爸的船。因此要生一堆火,冒起烟来,让经过的船看到,以便营救。他鼓动大家搭窝棚作为住所,确保不受风雨的侵袭。

拉尔夫作为文明的象征,在孩子们中享有威望。但杰克同拉尔夫如陌路相逢,感受不一致,感情无法交流。杰克亟盼当孩子们的头领,统辖荒岛。他把火堆的火熄灭,使过往的船看不到;他着迷于打野猪,在孩子们中间渲染对野兽的恐惧感;因为名叫猪崽子的小孩反对他把火弄灭,他就捣了猪崽子的脑瓜,使其眼镜飞脱出去,被砸碎;他叫嚣着"让规则见鬼去吧",在孩子们中间引起一阵骚乱;他面对不利于自己的选举结果,拉拢其他不明是非的孩子站在自己一边,直到夺得绝对领导权,让权威啷瑟在自己的前臂和肩膀上,让拉尔夫变成孤身一人;他听见仁慈善良、象征先知的西蒙说"大概野兽不过是咱们自己",揭露了人类的基本病症,就大骂粗话,挑拨大伙用哄笑声残酷鞭打西蒙,并最终唆使众人,把西蒙当成野兽打死,后来又让翻滚而下的巨石,把拥护拉尔夫讲规则、讲法律的猪崽子,砸得往下掉,摔死在礁石上;结末,他又怂恿那些结成帮派的孩子,用泥土涂成野蛮人模样,放火烧岛,以浓烟把躲藏的拉尔夫熏出来并放肆围剿,拉尔夫为童心的泯灭和人性的黑暗而失声痛哭。

而"蝇王"的幻象,来自也是孩子的西蒙之眼——在他面前,那只猪头,以及散乱的猪内脏,聚成了一群苍蝇围着的黑团,简直就是苍蝇之王,在露齿而笑。这是古已有之、延续至今的恶。

荒岛是面镜子,照出了善与恶的较量,人性与兽性的角逐。最终,后者竟然占了上风。

恶在世间,超出想象。恶在未来,难以估量。

未来,有无限种可能。其中,必定有人性中的恶伴随。重视对恶的描摹,抖搂恶的机密,不讳莫如深,不闪烁其辞,是文学对这个寰宇的应尽职责。戈尔丁的《蝇王》,是一种模式。诺贝尔文学奖颁发给他的理由——"具有清晰的现实主义叙述技巧以及虚构故事的多样性与普遍性,阐述了今日世界人类的状况"——便巧妙地点赞了他多样性虚构故事、普遍性警醒当今人类的叙述技巧。

据说,开初《蝇王》投了二十一家出版社,均被退稿。是出版方不认可写恶太多、看不得理性被兽性敲成碎片?是嫌荒岛上的小屁孩代表不了浩浩人类?还是觉得寓言式的文风登不了现实主义殿堂?搞清其中真相,须从相关史料查证。好在戈尔丁有毅力,有眼力,锲而不舍,为自己的文学理念奔走,才使《蝇王》最终迎来好运气——面世,流传,获奖——让拉尔夫、杰克们走进了文学史。

借此,只想喊一声:了不起的戈尔丁!

雅人风范

一

节日期间,在市内逛逛,观赏热闹场景。

兜兜转转,又来到了圆明园路。这里一向安静,前些年,路边摆了许多商业摊头,熙熙攘攘,人声鼎沸。谁知近来摊头消失,重归宁静。我可以步履缓慢,边走边看,边看边想。

走到149号门口,我停下了。原先这里是《文汇报》社,如今报社早就搬迁,大门上方有着"哈密大楼"四个字,楼房不知由何方资本来接手了。

大楼底层,五盏圆灯,排成一行,亮得耀眼。电梯门关着,到后面大楼去的门锁着,上二楼的楼梯,依然坚实,一格一格,斜着向上伸展,旁边的扶杆,油漆得铮亮。

楼内,不见人影了。

我站在门前的台阶上。当年,报社有多少同仁,曾在这里上上下下,留下过足迹!我见到过一张照片,是二十世纪六十年代初,总编辑陈虞孙与报社一些同仁站在门口的合影。他们如今,除了个别人还健在,大多已去了另一个世界。但他们的雅人风范,依旧存留于《文汇报》的报史。

二

雅人,多指情趣深远、辞采雅驯的文人,《世说新语》中,谢安就赞赏过《诗经》的某一漂亮句子有"雅人深致"。

我对雅人风范,并不陌生,因为我在《文汇报》工作了四十二年。尽管世事沧桑,我目睹的文人,却不减光泽,风范依旧。

唐弢、柯灵,两位大文人,自不必说了,《文汇报》在解放前创办后,他俩呕心沥血,用如椽巨笔,替报纸添光增色。此外,就我亲眼所见,这六十年来,报社从老总、主笔,到主编、记者,便有不少全国一流的文化人。即使脱离报社,他们依然有其独立价值。

这里只说其中四位。

——陈虞孙,总编辑、著名报人。以江阴口音,操练普通话。走路腿脚蹒跚,说话不紧不慢,时而夹杂冷噱头,让人忍俊不禁,而他自己不笑。

大家尊称他"陈虞老",其实,那时他六十二三岁。六十二三,放到如今,不当回事,很多人还在发"少年狂",陈虞孙却是明显的老态。我看见,吃饭时,他先在食堂的凳子上坐好,有位大师傅一边叫着"陈虞老",一边把饭菜端到他面前。

陈虞孙资格老,鲁迅时代,已经拿起笔杆子。在他主持《文汇报》期间,报纸充溢文化气息,文史哲经,琴棋书画,琳琅满目,应有尽有。记得，我读中学，家里订了《文汇报》，凡是登载文史类内容、自认为有价值的，都剪下保存，几年一过，知识大增。

近六十年前，我们这批小青年刚进《文汇报》，十八九岁，啥事不懂，有好多天，在会议室，天天端坐在陈虞孙面前，听他讲话，谈新闻工作意义，《文汇报》来历，等等。他面前，放着《毛主席著作选读本》，封面右下角，三个钢笔字：陈虞孙。我走过去细看，字写得极为老练！第六感觉告诉我，陈虞老大概是书法家。后来才知，他不仅书法好，对评弹、戏曲，都是内行，尤其精通杂文，报纸专栏的化名文章，很多是他亲自操刀。

《文汇报》以文化底蕴，受到上面表扬。陈虞孙这位报社文化人的"总头子"，功不可没。

陈虞孙重放光彩，是在二十世纪七十年代末。他的杂文，以精短、犀利、冷峻的风貌，赢得读者青睐，形成他个人历史上一个新的辉煌时期。

对陈虞孙杂文，好评不断，但他不承认自己会写杂文，"每逢有人来问我怎样写杂文，这无异在我的汤匙里搁进一只苍蝇，叫我吞不下，吐不出，可够难受"。

用"吞苍蝇"来表示谦虚，够别致的。

——黄裳，解放初的《文汇报》主笔，1956年任编委，著名杂文家、散文家、戏剧评论家、藏书家、版本学家，满族人，会讲上海话、嗓音低沉、浑厚，与人交谈，以话少著称，几句一讲，没了，眨巴着眼，专听你讲，以致李辉一度怀疑他当年做记者是如何进行采访的。

黄裳是真正意义上的"杂家"，读书之多，文史方面知识之渊博，在全国屈指可数。当年的《文汇报》，那么有光泽，黄裳付出了一份心血。他与巴金，熟如一家，经常来往；与梅兰芳，相交甚笃；与吴晗、郑振铎，友谊深厚。文人办报，内行遇内行，平起平坐，互为知音，就容易约到好稿。这是一条经验。倘若是外行，又陌陌生生，即便恭敬谦抑，谁又会把心真正掏给你？

1950年，黄裳发表《杂文复兴》的短文，替新时代杂文鼓吹。六十年代初，黄裳以笔名"勉仲"，发表文史类文章。学生时代，我对"勉仲"的文章，眼熟，进了报社，才知"勉仲"即是黄裳。

1966年下半年，有一天，我拿着一张书法印刷品——毛主席的手书《清平乐·六盘山》，请他从书法角度，谈谈怎样鉴赏。天性少言寡语的他，话匣子一下打开了，从来没见他讲那么多话，从字的结构与布局、相同的字用不同的写法等方面，大加赞扬，连说"写得好，写得好"。自此，我发现黄裳对书法也颇内行，他本人的字，虽然看上去潦草，却别有风味。

黄裳懂英语，做过翻译，著作很多，所撰戏剧评论，每每切中肯綮，完全是"圈内人"资格。又擅长鉴别版本，精于搜集善本。这是一般报人难以企及之处。报社有位年轻人，买到古版书籍，以为买到了珍品，兴冲冲请黄裳鉴定，黄裳慧眼审视，觉得一般般。年轻人一下泄了气。

黄裳的《榆下说书》，是他新时期的代表作，从古书的作伪，善本的界定，题跋的鉴赏，禁书的溯源，晚明版画的考订，以及对陈圆圆、杨龙友、柳如是、马士英、阮大铖、陈端生等人的臧否，直到对陈寅恪、钱钟书、阿英等人的描写，无不显示了他学识的深湛和识人的精准。看得出，他对明季史实有特别的关注，许是家国兴亡给了他太多的感慨。通观《榆下说书》，全是以随笔笔调写就，沉郁中，有时会"幽他一默"，很耐读。随笔应当怎样写？《榆下说书》提供了范本。

黄裳参与办报，报纸品位焉能不高？只可惜，历史留给他办报的时间，太短了！

——唐振常，1958年到1966年的《文汇报》文艺部主任，著名记者、史学家、散文家、剧作家，被誉为新闻界、史学界、文艺界的"三界通才"，说话带四川口音。

他与黄裳一样，也是报社的大才子。唐有文集七卷，黄有文集六卷。而且，两人都写过电影剧本，都搬上了银幕。唐的影片叫《球场风波》，黄的影片叫《林冲》。唐、黄作比，唐的史学受过系统训练，黄的史学更像是自学成才；唐论史，严谨的学术文章里，带有新闻眼光与文学气息，黄说史，轻捷的文史随笔中，溢露出藏书家浩瀚的资源与旁征博引的本事。

唐振常是富家子弟，从小吃穿不愁，读书条件优越，也肯用功。多方面能力，让他在人生的办报阶段，左右逢源。可以说，文人里的通才，最适宜办报，要谈文学，纵横开阔；要谈史学，简捷明锐；要谈戏剧，警句澜翻。这些，均能在版面上得以体现。唐振常在掌管文艺部时，用集体笔名"闻亦步"写了不少文章，内容广博，文采斐然。

唐振常的双眼炯炯有神，我认为，这是一双记者的鹰眼，随时随地，能捕捉他看中的素材。自他去了历史研究所，我多年没见到他。1996年秋，安徽黄山市办了个首届中国徽商研讨会，我参加了，在那里见到唐振常，他作为学者，在会上发言，谈徽商，学术性强，但深入浅出。有一日，我坐着三轮车，游览屯溪一条街，忽见他一个人在街上走,还是那双炯炯有神的眼,在浏览街边的古董店,我叫一声:"老唐!"并招招手,他一看是我,随即上车,我俩并肩坐着,乘车继续游览。不知他那双记者的眼,又捕捉到了什么?

唐振常创作的电影《球场风波》,曾引起过很大争论。这两天,我从视屏上,专门选了这部电影看一看,发现并没什么可指摘的。

唐振常的雅人风范里,包含一个"吃"字。网上有段文字,这样写道——

"友人谭其骧先生曾分析其独特优势:'从小有吃——出身于大富大贵之家;会吃——亲友中有张大千等美食家;懂吃——毕业于燕京大学,有中西学根底;有机会吃——当记者游踪广,见的世面大,吃的机会多。'唐先生闻言大笑,深以为然。"

我遗憾自己晚生了二十年,否则,在唐振常麾下编副刊,我会跟着他,很有吃福!

——徐开垒,文艺部副主任,"笔会"主编,著名散文家,讲上海话,夹杂宁波口音。

1984年,我调到"笔会",与徐开垒同一个办公室,那时,他刚离休,但桌子仍保留,与我的桌子面对面摆着。他每星期来一两次,开个会,关心一下"笔会"工作。徐开垒为人极为诚恳,热心,随和,要我来概括的话,就叫"好人徐开垒"。他对年轻作者的培养、提携,是有口皆碑的,如今上海有些六七十岁的作家,曾写文章,怀念开垒老师对他们的指导和关怀。这点,我有同感。七十年代末,我发在"笔会"的文章,都是他批准的,而且刊登得很快。他一点没有名作家、大编辑的架子,肯同你随便聊写作,就像面对一位朋友。他还相信"姓名学",要我为他的第三代中的两位起名字。

他的女婿,在深圳报纸上载文,追忆说,早就离休的岳父,为了推荐一篇业余作者的文章,88岁时冒着42度高温,挤进没有空调的公交车,赶去报社送稿。这种"为人作嫁"的精神,不要说业余作者本人会感动,就是旁人,心灵也会为之一震!

柯灵评价徐开垒是个"拘谨的人"。其实,"拘谨"对办报有好处。文人办报,最怕一味洒脱,浪漫,过于书生气,缺少对大局的观照。而拘谨,可以让翅膀有所约束,脚步有所节制,使报纸稳当,避免"野豁豁"。徐开垒的拘谨性格,让"笔会"一路走来,质量稳定在高水平的层次上,既甩得开,又收得拢。甩得开,是指在历史转折期,及时刊登体现思想解放的稿子,比如小说《伤痕》《枫》等;收得拢,是指长期以来,把好政治关,不出纰漏。

报纸副刊的负责人,倘若本身是名家,就是一种宝贵的资源,说话有人听,办报有人信,副刊变得很有号召力。此方面,徐开垒是一面旗帜。他出道早,写散文成名早,1956年在《人民日报》发表的《竞赛》,不到一千字,却足以跨入20世纪经典散文行列——

"正当我们工作得疲倦了,准备伏案小息之时……我看见一个影子在我的面前掠过:一个十五年前的同学,有着黝黑健康的脸,惯常带着少女的羞怯的微笑。她曾给我们求学时代增添过不少快乐和烦恼。她永远是我们考试成绩的角逐者,而又暗暗地不让我们知道。当每一次考试完毕后几天,教师发回来考卷时,像出于一定的规律,她坐在旁边总是这样问我:

'你几分?'

'八十二分，你呢？'

'八十三分。'"

1980年他在《人民文学》发表的《忆念中的欢聚》，描写全国各个城市的不同风貌，文笔相当潇洒，与他的拘谨性格完全是两种不同色彩。记得当年，我捧起《人民文学》，阅读此文，觉得韵味十足，原来散文也能这样写！至于他晚年写成的《巴金传》，皇皇几十万字，更是他一生写作的里程碑了。

如今的办报人，能否从徐开垒身上，找一找办报的诀窍？或者，像《竞赛》中那样，经常考问自己：新闻业务方面——"你几分？"

三

雅人风范，一道风景线。它带着天边棉絮般团团散布的彩云，夹着山谷间氤氲缭绕的岚气，让人生出"高山仰止，景行行止"的感觉。

灯下走笔，我神往于前辈办报人的文采……

上海男人历来就不是孬种

小说写作，绝对是心灵世界的一种遨游。你可以钻进人物的心，出入往来，游衍相从。从春到秋，几个月时间，我追随着一位叫"老爷叔"的人物，飘蓬于旧上海的深街陋巷，高门寒宅。当我的"游踪"结束，便有了现在这样一本长篇小说：《上海爷叔》。

我从八十年代初开始，忽然对生活了几十年的上海这块热土，萌发了"寻根溯源"的念头。我会站在一幢铜环叮当的石库门房子前，遥想它当年的风情。我会面对一段苔藓斑驳的旧城墙，追思它往日的盛景。我穿街走巷，拜访老一辈的京剧艺术家、滑稽艺术家、银行职员，寻找城隍庙的香客、白云观的道士。昔日黄金荣的大管家，弓背扶杖，来到我家，海侃神聊。四十年代红遍上海滩的空谈"杨乐郎"，端坐藤椅，对我清谈娓娓。"上海爷叔"，无疑是在"寻根溯源"中孕育成熟的。

旧上海是个说不完的话题，它吸引我，是因为围绕这个话题，你可以抚摸到坚实的历史感，还可以呼吸到一种飘溢着的时代感。旧上海在国际交往中所跌的跟头，可使新上海在对外开放中少付许多学费；而今天上海人身上，仍能觅到不少"老上海"的细胞核。

套用一句时髦话："上海爷叔"那件长衫所覆盖着的筋骨,多少带着一点上海男人的"远年根基"。上海男人,历来就不是孬种!

这部小说中的"福禄街",是我虚构的。当稿子甫成,给一位同志看,他说:"上海真的有一条'福禄街'呢。"这是一种巧合,我事先并不知道。这使我高兴,证明我的思路,同旧上海的思路,不谋而合。真的"福禄街"很短,但我笔下的"福禄街"长得多,廛宅里居,宽墙窄院,贩夫走卒,达官显宦,样样会露面。

就让"福禄街"在我今后的小说中多次出现吧。其主人公,或男,或女,或少,或长,或桀骜不驯,或贤良温顺,或器小易盈,或才识宏达,都是"福禄街人物志"的一员。

在我看来,福克纳所复述的写作乐趣,就像是一幅秋天的风景画。他说他家乡那块邮票般小小的地方,一辈子也写它不完,他可以创造一个自己的天地,像上帝一样,把这些人调来遣去。

我钦仰上帝。

耳·眼·心

一

吴树德的人生经历，让他的杂文站得很直。用"三正"可以概括：行文正派，论述正规，观点具备正能量。

吴树德的知识结构，让他的杂文甩得很开。历史，民俗，音乐，戏曲，歌词，律诗，象棋，麻将，他都涉猎，而且讲的都是内行话。所以随手征引，自然熨帖；钩沉析疑，更显从容。

吴树德的题材取向，让人能从中看得见他的耳朵，他的眼睛，他的心。

一脸风霜——岁月带来的；一口乡音——川沙酿就的。初一看，此公有时似有老农的腔调，有时似有企业家的范儿，很难将他与杂文挂钩。

但他偏偏就是一位杂文家，得过许多奖项。最近一次，还是全国鲁迅杂文大奖赛组织奖，含金量不是"一眼眼"。

甘肃，浦东，心挂两头一手牵；组织，联络，筹款，事必躬亲。你看他，把家庭琐事撂在边上，一头扑进了杂文圈！

二

杂文家的耳朵，竖得直——随时都在辨别世界上的声音。杂文就是他们辨析声音的结果。

吴树德有一双十分灵光的耳朵，熟稔音乐方面的"宫商角徵羽"，自不必说；对政治上的各种声响，更是敏感，能随时予以捕捉，"子丑寅卯"，剖析一通。

杂文《陈水扁与王莽》，便是一例。

陈水扁这厮，有一回说："我是中国第二个王莽。"此话传出，世人耻笑。吴树德自然不会放过他，干脆兜底翻历史，把王莽的真面目摊开——一个毒死汉平帝的假皇帝，一个命令全国民间土地改称"王田"的野心家，一个屡改币制、搞乱经济的阴谋家，一个搜刮民脂民膏、激化阶级矛盾的大贪污犯，一个在民怨沸腾、揭竿而起之际被杀的刀下鬼。而陈水扁的真面目是——一个在任内主导的"二次金融改革"期间，以金融企图索取大量贿赂的蠹虫，一个贱卖"国有土地"吃回扣，官员买官还得给他"朝贡"，所贪之钱达300亿元新台币的巨贪，一个在世界各地存入大量美元洗钱的腐败分子，一个激起众怒、被判刑坐监狱的阶下囚。两者相较，如出一辙。

锣鼓听声，说话听音。吴树德认为"第二个王莽"这话是陈水扁自己说的，从话的口气来判断，陈水扁"看来一点历史都不懂，如果他知道历史，那真是司马昭之心，昭然若揭"。总之，两者是一丘之貉，"可算物以类聚，人以群分，恰如其分。"

吴树德的耳朵，辨析得很准。

三

杂文家的眼睛,是审美的——对人世间的精粗美丑,一经检视,便能抖搂出自己的看法。

吴树德的一些杂文小品,字里行间,眨巴着审美的眼睛。比如《话文眉》,很耐咀嚼,里面流淌着美学原理。

古代女性,喜欢画眉毛,目的是为了好看。吴树德探本溯源,从《诗经》《楚辞》,唐朝朱庆余和刘媛、宋朝汪元量、明朝杨孟舟的诗等等,证明画眉是"古已有之"的,但像文身那样属于刺青的文眉,"尚无史载记之",是八十年代后出现的。吴树德考证了人类进化史上的一些现象,发现很多不必要的、只用来御寒的体毛都褪去了,然而某些部位仍残留着,如头发、鼻毛、睫毛、腋毛,包括眉毛。"生物学家说体毛的作用只在保护身体。笔者认为,人类现存的多数体毛大约都在显示性特征,这是人固有的本质美、自然美。眉毛,孤悬眼睛之上,如条蚕,分列左右。如寿眉延年,旋毛眉拜将。"因而,对女性来说,文眉就是美容。吴树德说,并不是反对文眉,而是能不文眉就不要文眉,"这不是心痛费用,而是不能盲目赶潮流,须远虑岁月。"因为人老了,淡眉与老态才最搭衬,如果眉毛"横露两道煞青,岂不像个女妖精才怪呢"。而且,文眉需要将眉部皮肤刺破,涂上专用颜料,文出毛病之事时有发生,造成终身遗憾。所以"得不偿失,有害无益也"。

一句句,全是耐心的解释,好心的规劝,真心的建议。

杂文,不光是要有弹眼露睛的批判,还须有学问的积淀,讲一点鲜为人知的知识、典故,让人开开眼界,作为街头巷尾的话题,茶余饭后的谈资，对生活有所补益，这也是杂文的功能之一。而此一功能，显然有意无意，被我们淡化了。

所以，读了吴树德的小品，我在想：眼睛是需要各种知识的"护目配方"去滋养的；能不能请老吴指点一二，让我们的眼睛也变得更加审美一些？

四

杂文家的心，是善良的——与人为善，与这个世界为善。吴树德的《"放生"刍议》，便是善心的大释放。

信佛的人，把别人捉住的鱼、鸟、龟、甲鱼、蛇等，买来后放掉，让它们回归大自然，此谓放生。如何放生，一直是个话题，现在被吴树德东征西引，绕着圈子说，就变得有点厚度了。

老吴举出《坚瓠续集》卷二所载："放生之说，不独禅家，吾儒亦有之。下车泣罪，大禹之放生也。网开三面，成汤之放生也。钓不网，弋不射宿，宣尼之放生也。此皆仁心为质，随触而见，若有意以出之，便与本体无涉矣。今之俗禅，不达禅理，谓多买鱼鸟放生，便可证佛。捕者希重直，益肆渔猎，适以滋物之扰。何如海阔从鱼跃，天高任鸟飞，至仁无仁之为得也。"这段话引用得十分恰切，把放生应当以"仁心为质"、而不能"有意出之"的道理，明明白白点出来了。

而时下，放生方面也存在不少"有意出之"的情形，变了相，走了味。

吴树德一片善心，向这些"善男信女"指陈了他们的不当之处：有些小鱼放入黄河，河水带着泥沙，打着漩涡，小鱼就呛死了。有的把淡水鱼放到充满咸味的大海,把毒蛇、鳄鱼放进森林与公园,简直文不对题。还有的购买几千斤鱼放生,却有100多名捕鱼者站在下游河滩上,争相捕捞,坐收渔利。甚至还有人借此做买卖,赚取不义之财,同时严重破坏了生态环境。

"放生要有的放矢,不要无的放矢","小动物本来就是人类的朋友,'林茂鸟逗人'","让大家营造保护鸟类及动物的氛围,社会和谐,共筑中国梦而不懈努力奋斗!"吴树德劝人为善的语言是质朴的,不带花哨的,惟其如此,才能让放生这一本来意义上的善举,返朴归真,起到它应有的教化作用。

善心,让杂文保持体温。

得心应手　似有魔幻

当陈长林的《成语重组》杂文，零零散散，在报纸上刚冒头时，我便有预感：这种形式，一旦与生活长期挂钩，"批量生产"的潜力极大。

果不其然。这两年，他对汉语的成语，屡屡重组，写出了大批类似的杂文。本书作品，除一少半陆续写作刊发外，超半部分系2013年以来所写。

于是，一种崭新的杂文样式——成语重组式，在陈长林手中，宣告诞生了！

自鲁迅以来，杂文的表现形式渐趋丰富：驳论式，散论式，小杂感式，辨析式，叙述式，抒情式，对话式，寓言式，荒诞式，文言式，互补式，故事新编式，编年体式，等等。近三十来，流沙河的《Y先生语录》，朱铁志的"小人物"系列，陆春祥的《病了的字母》，分别以语录式、人物塑造式、字母分类式，给读者捎来惊喜。现如今，陈长林的成语重组式，异军突起，在杂文之林，闪耀新光泽。我始终认为，独特的文体，是作家"面对生活的姿势，挥洒个性的战术，出航远征的舟楫"。一个作家，能否拿得出与众不同的文体,不靠一时心血来潮,而靠他的审美趣味,知识结构,创新能力。我平时吃饱了饭,伸长头颈,常在观望:杂文界又有什么老朋友,在创作上"耍"出了新花样?说实话,新的文体,并不是隔三岔五,就能涌现的,但只要冒出芽尖了,评论界就应当给点阳光,施点肥。

汉语的成语,是千百年来,人们习用的定型词组或短句,折射出传统价值观,具有沿袭性,稳定性。但时代、生活,走着走着,就会出现一些异化,冲击传统价值观,让稳固的成语也错位、变形。陈长林敏锐地抓住这一点,根据生活实例,重新组装成语,或换一个字,或前后对调字眼,使原先的含义发生变化。表面上,是针对传统文化被颠覆,用重组的成语去适应生活,让形式追上内容;实质上,是在忧虑现实生活被扭曲,透过形式去拷问内容,对不合理的异化现象,给以针砭。

作为杂文,《成语重组》执行了它的社会批判的使命。

本书将原版成语和重组成语,两相比照,以凸显对比,昭示异同。看得出来,重组的活儿,做得自然、贴切,没有生硬之感。上世纪某地有个七岁男孩,对落水的五岁妹妹,既未施以援手,也未大声呼救,而是说:"活着那么苦,拉他干什么?"据此,把成语"童言无忌"改装为"童言有忌",顺理成章;江西一起灭门案的主犯之一,逃到杭州,以高僧面目出现。据此,把成语"放下屠刀,立地成佛"改装为"放下屠刀,异地成佛",天然浑成;河南杞县发生"钴60卡源事件",因当地封锁消息,致使人们无端担忧"核泄漏"而离乡背井。据此,把成语"杞人忧天"改装为"杞人忧钴",机缘巧合;国内动物园设有鹦鹉叼钞票表演节目,鹦鹉被训练成只肯叼美钞、港币和大额人民币,像人那样拚命敛财。据此，把成语"鹦鹉学舌"改装为"鹦鹉学人"，讽喻顿现。有时，也在古老的立意中，掺兑新时代元素，比如，把"为富不仁"改装为"为富亦仁"，把"见义勇为"改装为"见义智为"。有意思的是，在把"坐怀不乱"改装为"不乱坐怀"时，作者议论道："因为坐怀不乱，只是一种自律，全凭自觉；而'不乱坐怀'，强化他律，建设制度，方为治世根本。"这是苦口婆心，在呼唤法制意识了！

陈长林的写作，真是得心应手，似有魔幻：左手一捏，一个"重组"；右手一攥，一个"重组"——仿佛老天对他特别眷顾，专为他供应相关的生活原料，而他优游自若，在从事一种"私人订制"。他的文字，句式精短，音节浏亮；经传纲鉴，唐诗宋词，随手征引；抒情味道，幽默气息，一样不缺。

如果此公活一百岁，我疑心《汉语成语词典》从头到尾都可能被"重组"。

记得，有一天，我请他袒露一下"重组"的初衷，他突然诗兴勃发，吟哦道："世事沧桑，触目惊心；既定成语，力不从心；大胆重组，良苦用心；激浊扬清，甘苦寸心。"

我想，读者披阅本书，会触摸到这颗滚烫的心。